비틀거리던 눈빛에
칼날이 보일 때

비틀거리던 눈빛에
칼날이 보일 때

제1판 1쇄 2024년 9월 25일

지은이 김진성
펴낸이 이경재
책임편집 비비안 정

펴낸곳 도서출판 델피노
등록 2016년 8월 11일 제2020-000082호
주소 서울시 양천구 신정중앙로 86, 덕산빌딩 5층
전화 070-8095-2425
팩스 0505-947-5494
이메일 delpinobooks@naver.com
ISBN 979-11-91459-92-0 (03810)

비틀거리던 눈빛에
칼날이 보일 때

김진성 장편소설

델피노

차례

0
프롤로그

「어젯밤인 7월 24일. 제주시 애월읍에서 만취자가 운전하던 빨간 스포츠카가 중앙선을 넘어 마주 오던 SUV와 정면충돌하는 사고가 발생했습니다. 이 사고로 두 차량에 탑승했던 총 7명의 인원이 모두 숨졌는데 SUV에 탑승한 사람들은 생애 첫 여행을 떠나온 일가족이었습니다. 이정난 기자가 보도합니다….」

"우울한 얘기 뭐 하러 보세요?"

6평 남짓한 좁은 연구실. 30대 초반의 여성이 날카로운 목소리로 말하며 영상을 껐다.

"우리 제품 얘기 없나 찾아본 거지. 음주운전 줄었다는 얘기…."

반면, 랩코트를 걸친 50대 초반의 남성은 약간의 아쉬움이 남는 듯 여성을 바라봤다.

"이제 뿌린 지 겨우 몇 달인데 그걸로 되겠어요? 게다가 유일한 영업사원 그놈 이름 뭐였지? 유⋯. 아무튼, 걔가 그리 잘 파는 것 같지도 않고."

"그러니까 말이다. 비서님은 왜 그런 놈을⋯."

박사는 고개를 저었다.

"그러지 말고! 술이나 드시죠!"

20대 중반의 남성이 녹색 소주병과 술잔을 양손에 들고 두 사람 사이를 끼어들었다.

"이제 곧 일반의약품 될 텐데 미리 축하해도 되지 않겠어요?"

말을 마친 젊은 남성은 두 사람을 번갈아 보며 눈웃음을 지었다. 그러나 두 사람은 뭔가 알고 있다는 듯한 표정을 지으며 젊은 남성의 시선을 피했다.

"그거 안 할 거야. 일반의약품."

50대 박사가 덤덤하게 말했다. 20대 남자는 무슨 일이냐는 듯 어깨를 으쓱이며 여성을 바라봤다.

"나 쳐다보지 마. 박사님이 결정한 거야."

이제 젊은 남녀의 시선이 박사에게로 향했다. 박사는 한참 머뭇거리다 대화를 이어갔다.

"솔직히 너무 어렵잖아. 준비할 서류도 많고 임상도 해야 되고⋯."

"비서님이 그렇게 해도 된대요?"

"설득해 봐야지."

"그래서 뉴스 보고 계셨구나? 뭐라도 빨리 성과 있어야 비서님한테 말할 테니까?"

여성의 말에 박사는 고개를 끄덕였다.

"아! 뭐! 건강기능식품이면 어떻고 일반의약품이면 어때요? 많이 팔기만 하면 되지! 안 그래요?"

20대 남성은 축 처진 분위기를 끌어올리려는 듯 억지스럽게 톤을 올려 말했다.

"그래. 솔직히, 다 안 풀리면 비서님이 알아서 할 거야."

"건강기능식품 허가받을 때처럼요?"

"그렇겠지. 인맥 총동원해서."

"그럼 드십시다! 발렌타인 30년 산!"

여성이 외치듯 말하자 두 사람은 눈을 동그랗게 뜨고 그녀를 바라봤다.

"의약품 되는 날 먹기로 했는데 안 되는 거면 지금 먹어도 되잖아요!"

확신에 찬 그녀의 말에 박사의 어깨가 서서히 펴졌고 얼굴엔 미소가 번졌다.

"그러지 뭐."

"예스!"

이 말을 들은 20대 남성은 실험용 냉장고로 보이는 곳에서 갈색 술병을 꺼냈다. 30대 여성도 실험실 중앙에 작은 테이블을 깔았으며 박사는 실험실 구석에서 새 비커들을 가져왔다.

이들의 움직임은 거의 동시에 이뤄졌다. 갈색 액체가 들어있던 술병이 투명한 공기로 채워지는 데에도 그리 오랜 시간이 걸리지 않았다.

"이대로 끝내기엔 좀 아쉽지 않아요?"

20대 남성의 혀는 이미 힘을 잃은 상태였다.

"당연하지! 더 마셔야지!"

여성의 눈도 반쯤 풀려 있었다.

코가 빨개진 박사는 두 사람의 대화를 실없이 웃으며 지켜봤다.

"쌍! 그러면 그냥 가려고 했어? 우리가 씨발, 노벨상 받을지도 모르는 발명을 했는데!?"

그러더니 이내 비틀거리며 일어나 연설을 시작했다. 사실 연설이라기보다는 넋두리에 가까웠다. 한 가지 특색이라면 그의 말 절반 가까이가 욕설이라는 사실이었다. 술에 취하기 전과는 다른 모습이었다.

"그럼 이거 어때요!?"

박사의 연설을 가만히 듣던 여성이 눈을 껌벅이며 말했다.

"음주 측정해서 제일 높게 나온 사람이 술 더 사 오는 걸로!"

박사는 크게 웃었다.

"콜! 야! 씨발, 측정기 가져와!"

서 있던 박사가 휘청거리며 말하자 20대 남성도 느릿느릿 일어나 음주 측정기를 가져왔다.

"나부터 분다!"

박사는 0.158%, 30대 여성은 0.141%, 20대 남성은 0.138%가 나왔다. 겉모습에서 보이는 것처럼 세 사람 모두 '만취'라는 기준에 부합하는 수치였다.

"박사님이 갔다 오셔야겠네."

30대 여성이 웃으며 놀리듯 말했다.

"야, 씨발. 내가 이 나이 처먹고 술 심부름 가야겠냐? 나 안가. 네가 가!"

"박사님 콜 했잖아요! 그럼 갔다 와야지!"

시종일관 웃고 있던 30대 여성의 표정은 갑자기 사나운 들짐승처럼 바뀌었다.

"이 쌍년이 어디서 눈깔을…."

박사는 오른쪽 손바닥을 들어 여성의 뺨을 향해 스윙을 날렸다. 그러나 그 손은 허공을 갈랐고 균형을 잃은 박사는 그대로 쓰러졌다.

이 모습을 본 20대 남성의 눈빛은 술 먹기 이전과 비슷한 상태로 돌아와 50대 남성을 일으켜 세웠다.

"박사님, 괜찮으세요?"

"야! 내가 너희 다 뽑았어. 그런데 쌍…."

"진정하세요."

"하… 씨발. 자존심 존나 상하네. 나 안 해. 집에 갈 거야."

박사는 이상한 신음을 내며 일어났다.

"대리 불러드려요?"

20대 남성은 박사가 빨리 사라지길 바라는 눈치였다.

"됐어, 이 새끼야! 저게 있는데 왜 대리를 불러!?"

박사는 어딘가를 응시했다. 그 후 일어나 비틀거리며 목적지로 천천히 걸어갔다. 그리고 마침내 그가 집은 것은 '알모사10'이라고 쓰인 작은 유리병이었다.

"어제도 드셨잖아요. 이제는 그만 드세요. 자주 드시면 안 되는 거 아시면서…."

"어쩌라고! 쌍."

박사는 20대 남자의 말을 무시한 채 알모사10을 들이켰다.

"크아! 좋다! 노벨상 기다려라!"

그리고는 천천히 실험실 문을 열었다.

"좀 더 계시다 가요. 10분이면 될 텐데."

"꺼져! 부모도 없는 너희들 쌍판 보는 거 역겨워."

박사의 말을 들은 30대 여성은 씁쓸한 듯 이미 빈 술병을 거꾸로 들고 흔들었다. 그러나 그곳에서는 한 방울의 액체도 쏟아지지 않았다.

"박사님!"

20대 남자의 만류에도 박사는 기어코 실험실을 나갔다.

"아, 진짜 술만 처 마시면 괴물이 되네…."

20대 남자가 푸념하듯 말했다.

"평생 이렇게 살 거야?"

"그럼 어떻게 해? 이미 저놈한테 코 꿰었는데. 왜? 죽이기라도 하게?"

30대 여성은 말없이 20대 남성을 응시했다.

"미친년."

20대 남자는 여성을 무시한 채 뒤 돌아 문고리를 잡았다. 그러나 이내 뭔가 생각난 듯 다시 뒤돌아 30대 여성에게 말했다.

"누나, 우린 이미 글렀어. 우리한테 선택권이란 건 없었다고. 그러니까 조용히 일어나서 나와."

이 말을 들은 여성은 천천히 일어나 20대 남자와 함께 박사를 뒤따라가기 시작했다. 이때 여성의 눈빛은 한층 순해져 있었다.

커다란 지하 주차장에 도착한 박사는 어디론가 비틀거리며 걷기 시작했다. 차들이 거의 없어서인지 주차장은 비어있는 무대 같았고 쓰러질 듯 쓰러지지 않는 그의 걸음은 유명한 댄서의 춤처럼 보이기도 했다.

"저기 있네."

두 사람도 주차장에 도착해 박사의 뒷모습을 바라봤다.

"그래도 오늘은 안 넘어지고 잘 왔네. 그냥 넘어져서 죽어버리지…."

여성의 말에는 가슴 깊이 사무친 짜증이 담겨있었다.

"또 그런다…."

20대 남성은 지친 듯 답했다.

마침내 박사는 차에 올랐고 시동이 켜졌다. 자동차의 바퀴들은 이리저리 방향을 바꿔가며 급발진과 급정지를 견뎌냈다.

"아직 10분 안 됐나?"

"조금 더 있어야 돼."

박사의 차량은 이제 주차선에서 벗어나 이곳을 빠져나갈 일만 남았다. 나가는 곳은 면허가 없는 사람이라도 액셀만 밟으면 무사히 빠져나갈 수 있는 긴 직선 주로였다. 그러나 박사가 탄 차량의 네 바퀴는 갈 길을 잃은 듯 비틀거렸고 주차장 바닥에선 마치 비명과도 같은 긁힘 소리가 들려왔다.

"어어!?"

박사의 차량이 기둥에 부딪히기 직전.

"아… 진짜. 또 보험회사 부를 뻔했네."

차량의 빨간 후미등이 다급하면서도 날카롭게 빛났다.

그리고 잠시 후 비틀거리던 바퀴들은 이제야 제 자리를 찾은 듯 안정감 있게 움직이기 시작했다.

"10분 됐나 보네. 올라가자."

"나가는 것만 보고. 알코올이 사라져도 숙취는 지속되니까."

20대 남자는 여전히 뭔가 불안한 듯했다.

이제 차량은 다시 직선 주로에 바퀴를 올려놨다. 그리고 더 이상의 비틀거림 없이 천천히 앞으로 나아갔다. 차량이 주차장을 거의 빠져나갈 때쯤 운전석의 창문이 열리며 박사의 왼팔이 높게 빠져나왔다.

"뭐야?"

박사는 백미러로 두 사람을 바라보며 가볍게 왼쪽 엄지를 치켜세웠고 두 사람은 피식 웃어 보였다.

"그래도 약발 하나는 죽인다니까, 알모사10."

20대 남자는 주차장을 유유히 빠져나가는 차량을 바라보며 나지막이 읊조렸다.

1
강신기업교육센터

오늘의 영업을 마친 정인은 집으로 돌아가는 지하철에 발을 올렸다. 차가운 느낌을 주는 지하철의 실내등이 정인은 매우 편한 듯했다.

지하에서 출발한 이 길고 육중한 쇳덩이는 어느덧 지상으로 밀려 나왔고 정인의 얼굴은 먼발치에서 쏟아지는 노을빛으로 물들었다. 그러나 정인은 그 빛이 따갑다는 듯 이내 고개를 숙였다.

오후 일곱 시. 오늘도 어김없이 메시지가 도착했다. 다음날 가야 할 영업지에 대한 정보였다.

「9월 12일 오후 6시 / 안드로 유치원 / 산업 안전 교육 /
30분 전 도착 요망」

이 정보가 올라온 후 같은 팀 영업사원들의 실적 순위표도 올라왔다. 정인의 이름은 언제나 맨 아래에 위치했고 오늘도 그것은 변치 않았기에 정인은 그 표를 가볍게 무시했다.

다음 날. 정인은 느지막이 일어나 점심을 먹었다. 그 후 어두운 계열의 싸구려 정장을 입고 서류 가방을 손에 든 채 김포로 향했다. 가는 길은 조용했다.

정인은 5시 30분쯤 안드로 유치원에 도착해 자신의 얼굴과 유치원의 간판이 한곳에 담길 수 있도록 사진을 찍었다. 어제 받은 메시지가 지시한 대로 일을 했는지에 대한 증명이었다.

정인은 일단 유치원 안으로 들어갔다. 물론 너무나 당연하게도 입구에서부터 심문을 당했다.

"누구세요? 어디에서 오셨어요?"

한창 청소 중이던 어느 여자 교사의 심문에, 정인은 손에 들고 있던 가방을 바닥에 내려놓고 그녀에게 두 손바닥을 보였다. 아마 잠시만 기다려달라는 표시인 듯했다. 그녀도 그런 정인의 다음 행동이 무엇일까 궁금했는지 정장 안주머니에서 휴대전화를 꺼내는 정인의 모습을 가만히 바라봤다.

정인은 왼손으로 휴대전화를 꺼내 카메라가 자기 얼굴 쪽을 향하게 한 뒤 오른손으로는 안무에 가까운 듯한 현란한 손짓을 선보였다.

정인의 이 짧은 안무가 끝나자 휴대전화에서는 이런 음성이 들렸다.

"안녕하세요. 저는 오늘 산업 안전 교육을 맡은 유정인이라고 합니다. 제가 조금 일찍 왔네요."

휴대전화에서 들려오는 감정 없는 매력적인 목소리를 들은 그녀는 마치 죄라도 지은 것처럼 허둥댔다.

"아, 네. 잠시만요."

그러더니 청소용품을 든 채 어디론가 급하게 향했다.

그 사이 정인은 주변을 둘러봤다. 매우 좁은 골목길에 있는 유치원 대문, 색이 다 바랜 플라스틱 미끄럼틀이 있는 좁은 마당, 그 옆으로는 넓고 아기자기한 교실도 보였다.

잠시 후 다른 여자 교사가 내려왔다. 바로 전에 있던 여자 교사보다는 조금 더 나이가 많은 듯했다.

"안녕하세요. 이쪽으로 올라오시겠어요? 지금 청소 중이긴 한데…."

정인은 가벼운 눈웃음을 보인 뒤 또 다른 그녀의 안내를 받고 위층으로 향했다. 그곳에선 여섯 명의 교사가 또 다른 교실 청소를 마무리하고 있었다.

그들은 정인의 눈치를 보듯 빠르게 자리를 정리하며 정인에게 필요한 게 있는지 물어봤다. 정인은 다시 한번 손짓과 표정으로 그들에게 자신의 생각을 전달했다. 다시 한번, 매력적인 목소리로. 그러나 자신의 것이 아닌.

"발표 진행할 수 있는 프로젝터만 있으면 될 것 같습니다. 원래 6시부터 시작인데 선생님들이 원하시면 빨리 시작해서 일찍 끝내도록 할게요."

그녀들은 정인의 의견에 따랐다. 잠시의 정리 뒤 정인은 교육을 시작했다.

"안녕하십니까. 저는 강신기업교육센터에서 나온 유정인입니다. 5대 법정 의무교육을 담당하고 있습니다. 오늘 교육은 1부와 2부로 나뉘어 각각 20분씩 진행될 예정입니다. 1부에서는 산업안전 교육, 2부에서는 선생님들께 이 교육을 무료로 제공해 드리는 기업의 제품을 소개할 예정입니다."

정인이 하는 이 영업은 '5대 법정 의무교육 강사'의 옷을 입고 있는 방문판매업이다. 5인 이상의 근로자가 있는 대한민국의 기업에서는 반드시 일정 시간 이상 법이 정해놓은 교육을 받아야 하는데 강신기업교육센터의 마케팅 직원은 이점을 적극 활용하여 교육 일정 아니, 대놓고 할 수 있는 방문판매일정을 잡는다.

'안녕하세요. 5대 법정 의무교육 받으셨나요? 안 받으셨다고요? 저희가 무료로 교육 진행하고 수료증 발급하고 있거든요. 대신 제휴 맺은 업체의 상품을 소개하는 시간 잠깐 있고요. 안 받으시겠다고요? 500만 원의 벌금 내실 텐데 괜찮으시겠어요? 네. 일정 바로 잡아드리겠습니다.'

500만 원의 벌금 부분에서 대부분의 실무자는 무너진다. 그리고 정인은 이렇게 잡힌 수많은 일정 중 한 곳에 배치되어 강사의 옷을 입고 5대 의무교육을 하며 이에 대한 수당은 2부 제품 소개에서 받아간다.

"네. 이제 간략히 제품 소개하는 시간 가져보도록 하겠습니다. 짧으니까 너무 걱정 안 하셔도 됩니다."

2부가 시작되기도 전에 교사들은 이미 팔짱을 끼고 있었다. 1부 교육이 시작된 직후엔 정인의 수어가 신기하기도 하고 안쓰럽기도 했는지 그들 나름의 방식으로 집중하려는 모습을 보였으나 이내 집중력을 잃고 휴대전화를 만지작거리기 시작했다.

어쩌면 그녀들의 이런 태도 변화는 정인 역시 자신들에게 무언가 팔러 온 사람이란 것을 알고 있기 때문에 생긴 본능적 반감일 수도 있었다.

"여러분, 술 좋아하시나요?"

2부의 시작을 알리는 정인의 인트로에 교사들이 피식 웃었다. 흐려진 집중도가 다시 선명해지려 했다.

"술 드시는 이유가 뭔가요?"

"취하려고요."

세 명의 교사가 동시에 답했다. 그들의 표정은 즐거워 보였다. 술이란 단어가 언급된 것뿐인데 마치 술 한 잔씩 걸친 사람들 같았다.

"맞습니다. 그런데 술을 마시고 가장 힘든 게 뭘까요? 역시 취한 거겠죠. 인생에서 벌어지는 대부분의 굴욕적인 일들은 취한 상태에서 일어납니다."

이 말을 마친 정인은 가방에서 작은 병 하나를 꺼냈다.

"그러나 이 알모사10은 그런 부작용을 완전히 없애줍니다.

그것도 단 10분 만에. 눈치채셨겠지만 이 알모사10의 이름은 '10분 만에 몸속에 있는 알코올을 모두 사라지게 만든다'라는 의미입니다."

교사들의 눈빛은 한층 더 둥글게 변했다.

"술은 알코올이죠. 그중에서도 에탄올입니다. 에탄올이 우리 몸에 들어가면 간에서 ADH라는 효소를 통해 아세트알데하이드가 되고…."

정인은 마치 대본을 숙지한 연극 배우처럼 막힘없이 술이 깨는 과정에 대한 과학적 이론을 설명했다. 그러나 그럴수록 겨우 선명해진 교사들의 집중도가 다시 흐려지기 시작했다.

정인도 그들을 이해한다는 듯 수어의 속도를 높였다. 하지만 인심 쓰는 척 멈출 수는 없었다. 자신이 판매할 제품이 과학적 이론을 기반으로 만들어져 있다는 것을 알려야 신뢰도가 높아지기 때문이다.

"이 과정은 매우 깁니다. 사람마다 다르지만 대략 10시간 정도가 걸리죠. 하지만 앞서 언급한 것처럼 이 알모사10을 드시면 이 과정이 10분이 됩니다."

정인과 가장 가까운 곳에 앉은 어느 교사가 자신의 뒤통수 방향에 있는 창문 밖을 잠시 바라보며 긴 한숨을 내쉬었다. 그녀는 지금 이 순간이 너무 지루하다는 것을 간접적이지만 직접적으로 표현하고 싶은 듯했다.

"이걸 가능하게 하는 것은 나노봇의 존재 덕분입니다. 나노봇으로 암을 표적 치료할 수 있다는 소식 들어보셨을 겁니다. 저희는 그 나노봇을 이 에탄올 해독제에 적용했습니다. 나노봇은 이런 구조로 이뤄져 있습니다."

정인이 프레젠테이션 페이지를 한 장 넘겼다. 거기엔 나노봇의 그림이 있었다.

"이 나노봇은 몸속에 있는 에탄올을 찾아갑니다. 이 나노봇 표면에 있는 알코올 분해효소 ADH 덕분이죠. 그 후 이 나노봇은 자신이 품고 있던 알데히드 분해효소인 ALDH를 분출합니다. 그러면 순식간에 아세테이트가 되고….”

또 한 번의 매우 길고 지루한 설명에 어느 교사가 마치 야유라도 하는 것처럼 공격적인 질문을 던졌다.

"근데 이거 팔면 얼마나 남아요?"

순간, 정인의 손짓이 멈췄다.

"낱개로 구매 가능한가요?"

그 짧은 사이에 또 다른 질문도 들어왔다.

"샘플 한 병씩 드릴 수 있지만 아쉽게도 낱개는 구매가 불가합니다. 아직 정식 출시된 상품이 아니라서요."

정식 출시된 상품이 아닌 것과 낱개로 구매할 수 없는 것과는 아무런 상관이 없으나 이상하게 소비자들은 그럴듯한 이유가 있다면 의심 없이 수용하는 습성이 있었다. 강신기업교육센터는 그들의 이런 습성을 적극 활용해 영업을 펼쳤다.

"그럼 최소 얼마나 사야 돼요?"

"두 세트부터 구매 가능합니다. 50개씩 총 100개입이죠."

"얼만데요?"

"백만 원입니다. 한 개에 만 원꼴로."

교사들의 표정이 싸늘하게 변했다. 어떤 교사는 실소도 터뜨렸다. 제아무리 소주 한 병에 만 원인 시대가 도래했다지만 백만 원이라는 금액은 여전히 누구에게나 부담이었다.

"사라는 거야 말라는 거야…."

누군가 작게 읊조렸다. 그러나 모두가 들을 수 있는 크기였다.

"백만 원이 조금 부담되실 수 있겠지만 최대 2년 무이자 분할 납부가 가능합니다. 공동구매 하시면 할인해 드리고요. 일단 한 달 동안 드셔보시고 효과가 없을 시에는 100% 환불도 해드려요."

정인의 이 말을 끝으로 교사들은 아무도 정인을 바라보지 않았다. 그저 바닥과 천장, 양옆에 있는 벽면들을 서로 나누어 바라볼 뿐이었다.

그렇게 매우 길고 굵은 적막이 한 차례 흐른 뒤 정인을 2층으로 데려온 교사가 서늘한 말투로 이 정적을 깨뜨렸다.

"다 끝나셨나요?"

정인은 시계를 봤다. 아직 10분밖에 사용하지 않았지만 그냥 고개를 끄덕였다. 몇 주 안 되긴 했으나 정인도 이제는 꽤 경험을 쌓아서인지 사람들의 눈빛과 표정만 봐도 알 수 있었다. 이 제품을 구매할 사람이 이곳엔 없었다는 것을.

교사들은 수고했다는 인사도 없이 모두 흩어졌다. 정인 역시 쓴웃음을 지으며 자신의 자료를 정리했다. 이날의 영업도 어제와 마찬가지로 소득은 없었다. 그저 알모사10 샘플 한 병을 책상 위에 올려놓을 뿐이었다.

그렇게 소리 없이 돌아가려던 찰나, 어떤 교사 한 명이 정인에게 말을 걸었다. 정인이 두 번째로 만난 나이가 조금 있는 교사였다.

"강사님, 그런데 이거 왜 파세요?"

갑작스러운 질문에 정인은 집어넣은 휴대전화를 다시 꺼냈다.

"아니, 사람들은 술 취하려고 술 마시잖아요. 그런데 왜 굳이…"

"음주운전 멸종시키고 싶어서요."

교사는 예상치 못한 답변이라는 듯 잠시 말을 잃었다.

"아… 그럼 그걸 강조하시지. 굳이 불필요한 과학 얘기 말고."

순간, 정인의 두 눈이 미세하게 커졌다. 무언가 깨달음을 얻은 듯한 표정이었다.

"네. 감사합니다. 여기 샘플 하나 올려놨어요. 필요하시면 사용해 보세요."

"아니요. 저는 술을 안 마셔서…"

그렇게 짧은 대화는 끝났다. 잘 가라는 인사도 없었다. 그리고 언제나 그렇듯 소득도 없었다.

정인이 유치원 정문을 나설 때쯤 7시가 되었고 어김없이 메시지는 도착했다. 정인은 길 위에 가만히 서서 이 메시지를 바라봤다.

「내일 스케줄 없음 / 오전 11시 서울 사무실 방문 요망」

다시 한번 찾아온 다음 날. 정인은 정확히 오전 11시에 사무실에 방문했다. 아무도 없는 사무실의 분위기는 무거웠다.

그리고 5분 뒤, 영업팀장이 문을 열고 들어왔다. 머리를 길게 늘어뜨리고 핑크색 원피스에 빨간색 재킷을 걸친 중년의 여성이었다. 그러나 화사한 옷 색깔과는 다르게 그녀의 얼굴은 어두웠다.

"왔어요?"

정인이 와 있는 것을 직접 눈으로 확인했음에도 왔냐고 물어보는 팀장의 인사. 팀장의 목소리는 귀가 따끔할 정도의 하이톤이었다.

"안녕하세요."

정인은 언제나 그렇듯 휴대전화를 꺼내 수어를 시작했다. 사무실엔 정인의 자리가 없었다. 영업사원 그 누구의 자리도 없었다. 그저 사무실 한가운데에 커다란 테이블만 있을 뿐이었다. 정인은 그중 한 곳에 앉아 있었고 팀장은 그런 정인의 맞은편에 앉았다.

"나는 아직도 잘 이해가 안 돼, 정인 씨."

"네?"

"우리 영업소장님이 정인 씨를 왜 받아준 건지."

정인은 팀장의 이 말에 답을 할 수 없었다.

"뭔가 목적이 있었을 거 아니야. 심지어 출시도 안 되고 어디서 만든 건지도 모르는 제품을 팔겠다고 하니 내가 궁금하겠어 안 궁금하겠어. 이거 지금 정인 씨만 팔고 있잖아. 팔리지도 않는 제품. 도대체 소장님이랑 무슨 관계야?"

그런데 그때, 갑작스레 영업소장이 들어왔다. 소장은 남성이었다. 어두운색 계열의 정장을 입었고 키는 165cm 정도에 몸무게는 어림잡아 100kg 이상은 돼 보였다.

정인과 팀장은 일어나 그를 맞았다. 이때, 소장이 열어둔 문 뒤로 새하얀 옷을 입은 두 명의 남녀가 보였다. 소장과 비슷한 연배로 보이는 그들은 매우 일반적이지 않은 옷을 입고 있었다. 제복 같기도 하고 일상복 같기도 했다. 그러나 확실한 건 두 사람의 옷은 같았다는 것이다.

"아, 내가 방해했네요. 미안해요."

소장은 그 특유의 뱃고동 소리와 같은 중저음으로 사과의 말을 전한 뒤 열었던 문을 다시 닫았다. 문이 완전히 닫히기 전 그는 정인을 바라봤다. 매우 측은한 눈빛이었다. 정인 역시 소장과 그 뒤에 있는 흰옷 입은 사람들을 바라봤다. 소장이 나가자 정인과 팀장은 다시 자리에 앉았다.

"저 사람들은 도대체 누구길래 자꾸 드나드는 거야? 정인 씨는 뭐 아는 거 있어?"

"아니요. 저도 잘 모릅니다."

"그렇겠지. 물어본 내가 잘못이네. 아무튼 정인 씨, 이 일 왜 해? 돈 벌려고 하는 거 아니야?"

"네."

"처음에 그랬잖아. 영업왕도 되고 싶다고."

"네."

"그런데 왜 돈을 못 벌어와. 소장님이 시킨 거든 뭐든, 어쨌든 이거 정인 씨가 팔고 싶다고 한 거잖아. 그럼 팔아야 할 거 아니야. 섭외지가 문제야? 나 때는 섭외지도 없었어. 그냥 무작정 아무 데나 들어가서 팔고 그랬다고. 젊은 사람이 왜 이렇게 패기가 부족해. 할 수만 있으면 그때 내가 어떻게 악착같이 영업했는지 다 보여주고 싶어 정말."

시선을 낮춘 정인은 아무 말이 없었다.

"됐고, 절실하게 좀 해봐요. 절실하게. 가 봐요."

팀장은 정인에게 가보라고 말했지만 정작 자신이 먼저 일어났다. 그러고는 문을 향해 또각거리는 구두 소리를 내며 걸었다.

팀장이 문에 닿을 때쯤 정인의 휴대전화에서 목소리가 들려왔다.

"술이 있는 곳으로 보내주세요."

팀장은 뒤돌아 정인을 바라봤다.

"술?"

"네. 술이 있는 곳에 가고 싶어요."

정인의 표정은 확신에 차 있었다.

2
정 나노테크놀

9월 25일. 며칠간의 기다림 끝에 정인은 마침내 술이 있는 곳으로 갈 수 있었다. 경기도 최 외곽지역인 장주에 자리 잡은 '정 나노테크놀'이란 회사의 회식 자리였다.

차가 없는 정인이 서울에서부터 두 시간 반이 걸려 도착한 이 곳은 흙길 한가운데에서 나름 최첨단인 척하는 건물과 최신식 자동차로 가득 찬 넓은 곳이었다.

입구에 도착한 정인은 회사 안에서 분주하게 움직이는 직원들을 바라봤다. 곳곳에 쌓인 고기와 야채들, 그것들의 몇 배 이상으로 쌓여있는 술 박스들로 미루어 보아 이들은 회식을 이 안에서 해결하는 듯했다.

사무실 곳곳엔 이 회사에서 납품하는 것으로 보이는 흰색 가루 샘플들이 주먹만 한 투명 유리병 안에 보기 좋게 담겨있었다.

그때, 이 광경을 지켜보던 정인의 시야 안에 한 인물이 들어왔다. 이 사무실에서 가장 좋은 자리에 앉은 사람. 반짝거리는 회색 정장을 입고 직원들이 분주하게 움직이든 말든 전혀 상관없다는 듯한 눈빛으로 자신의 코를 파고 있는 사람. 정인은 그 사람을 향해 다가갔다.

"안녕하세요. 사장님 되시죠?"

사장은 정인의 수어를 보고 깜짝 놀라며 자기도 모르게 일어나 정인을 맞이했다. 그 바람에 책상 위에 있던 <대표이사 정인환>이라고 쓰인 명패가 떨어질 뻔했다.

"누구시죠?"

"산업 안전 보건 교육 담당 강사 유정인이라고 합니다. 오늘 회식 전에 교육 신청하셨다고 하셔서요."

사장의 놀랐던 표정은 담당 강사라는 정인의 말에 짜증 가득한 표정으로 바뀌었다.

"아니, 신청은 개뿔. 매년 그렇게 몇백만 원으로 협박을 해대니까…."

사장은 강신기업교육센터 마케팅 직원과의 설전이 생각난 모양이었다. 그러나 이내 정인의 얼굴을 보고 다시 침착함을 되찾았다.

"암튼 얼른 교육하고 수료증 주고 가세요."

"네 알겠습니다. 지금 바로 시작할까요?"

정인의 물음에 사장은 고개만 끄덕이며 손가락으로 어딘가를 가리켰다. 그곳은 회식을 준비 중인 회의실과 정확히 반대편에 있는 널찍한 공간이었다. 정인은 사장의 손가락이 가리키는 곳으로 향했다. 직원들도 하나둘씩 각자의 의자를 들고 모이기 시작했다.

그곳으로 향하던 정인은 무언가를 결심한 듯 걸음을 멈췄다. 그러고는 다시 뒤돌아 사장에게 향했다.

"사장님, 회식하시면서 교육 듣는 건 어떠세요? 굳이 끝날 때까지 기다리지 마시고. 술 드시면서 교육 들으면 더 재미있으실 겁니다. 어차피 프로젝터도 회의실에 있는 것 같던데."

이 말을 하는 정인은 미소를 머금고 있었다. 그러나 입꼬리 주변에 미세한 경련도 같이 보였다. 사장은 그런 정인을 빤히 바라봤다. 그러더니 긴 한숨을 내쉬며 직원들에게 말했다.

"자! 회식 시작하고, 밥 먹으면서 교육 듣읍시다! 강사님이 술 마셔도 상관없었다고 하시니까 그렇게들 하고!"

직원들은 수군거리며 다시 회의실로 자리를 옮겼다. 그곳에서 그들 중 몇몇은 고기를 구웠고 몇몇은 배달 온 치킨과 피자를 세팅했다.

"강사님도 드실라우?"

나이가 꽤 있어 보이는 어느 직원이 정인에게 말을 걸었다. 정인은 가벼운 미소와 함께 고개를 끄덕였다. 정인은 그렇게 피자 한 조각을 입에 넣고 콜라도 한 모금 마신 뒤 강연을 준비했다.

잠시 후, 정인이 직원들 앞에 섰다. 처음에 직원들은 정인에게 그리 큰 신경을 쓰지 않고 자신들 앞에 놓인 음식에만 집중했다.

그러나 강의 준비가 끝나고 정인이 수어로 말하기 시작하자 그제야 정인과 물리적 거리가 가까운 직원들부터 눈이 동그랗게 변했고 정인의 수어와 매력적인 목소리에 집중하기 시작했다.

1부 순서는 빠르게 끝났다. 직원들은 고기를 구우면서도 강연 내내 정인에게 집중했다. 지글거리는 고기 굽는 소리보다 정인의 몸짓과 표정짓 그리고 휴대전화에서 나오는 목소리가 더 커서 그런 듯했다.

이제 알모사10을 소개할 차례였다. 그때 정인은 잠시 어딘가를 바라봤다. 아직도 자기 자리에서 모니터만 보는 사장이었다. 정인이 그곳을 보자 직원들도 한꺼번에 고개를 돌려 사장을 봤다. 무언가를 느낀 사장은 어리둥절한 표정으로 직원들과 정인을 바라봤다. 그때 정인은 웃는 얼굴로 회의실에 자리가 하나 비어있음을 알렸다. 그렇게 사장은 회의실 의자에 앉게 되었다.

그렇게 2부를 시작한 정인의 표정엔 자신감이 묻어있었다.

"술, 편하게 드셔도 됩니다. 굳이 저를 바라보실 필요가 없습니다. 귀만 열어두시면 됩니다."

그러나 직원들은 눈치만 볼 뿐 정인의 제안을 쉽게 따르는 이가 없었다. 정인은 이때 사장을 바라봤다.

"사장님, 건배사 한 말씀 해주세요."

사장은 손사래 쳤다. 다행히 직원들은 정인의 제안에 힘을 실었다. 사장은 마지못해 쑥스러운 듯 일어나 외쳤는데 그가 입은 회색 정장이 갈치의 비늘처럼 날카롭게 반짝이며 잠시 정인의 눈을 찡그리게 했다.

"자, 오늘도 고생 많이 했습니다. 이런 말이 있습니다. 청춘이란, 마음의 젊음입니다. 맞습니다. 우리는 모두 청춘입니다. 그런 의미로 이렇게 외치면 어떨까 합니다. 제가 청춘은 바로 지금! 이라고 외치면 여러분들께서 청바지! 라고 외쳐주시면 되겠습니다."

건배사에도 클래식은 존재했다. 직원들도 사장에게 호응을 보냈다.

"자! 청춘은 바로 지금!"

"청바지!"

이 모습을 보는 정인의 미소는 넓어졌다. 이번엔 미세한 떨림도 없었다. 그렇게 정인은 영업을 이어 나갔다.

"여러분, 술 다 드시고 집에 어떻게 가세요?"

정인의 말에 직원들은 눈치를 보거나 그저 피식 웃었다. 잠시의 어색한 정적이 흐른 뒤 누군가 말했다.

"당연히 대리 불러서 가죠. 설마 음주운전해서 가겠어요?"

50대 초반으로 보이는 남자가 매우 능청스럽게 답했다. 그의 대답에 직원들은 박장대소했다. 그 말이 왜 웃겼는지는 알 수 없었다.

"그렇죠? 그런데 만약에 대리가 안 잡히면 어떻게 하시겠어요?"

"그라면 회사에서 자야지 뭐 어떻게 혀."

바로 전 대답한 사람보다 더 나이가 많아 보이는 남자가 정인의 질문에 다시 한번 답했다.

"불편하지 않으세요?"

"음주운전헐 수는 없응게."

다시 한번 피식피식 날카롭게 피어오르는 웃음들이 들렸다. 첫 번째보다는 규모가 작은 웃음이었다.

"그래서 준비했습니다. 이 제품은요, 몸속에 있는 알코올을 완전히 분해해 줍니다. 그것도 10분 만에."

정인은 알모사10에 대한 기술적인 내용들에 대해 다시 한번 말하기 시작했다. 웃음기 가득하던 사람들의 얼굴에선 진지함이 감돌았다. 그러나 모두가 그런 것은 아니었다. 먹는 데에만 집중하는 사람들도 있었고 정인과 가장 멀리 떨어져 있는 사장은 여전히 관심 없다는 듯 자신의 휴대전화만 만지작거렸다.

"이게 어떻게 가능하냐고요? 바로 이 알모사10엔 나노봇이 들어가 있기 때문입니다."

나노봇이란 단어가 공기 중에 파동의 형태로 분사되자 휴대전화를 보고 있던 사장의 눈빛이 정인에게로 향했다.

"이건 제가 궁금해서 물어보는 건데 우리 정 나노테크놀에서 만드시는 것도 나노봇인가요?"

이제 정인은 회의실에 있는 모든 사람의 눈빛을 가졌다.

"기계 로봇의 개념이라면 우린 나노봇은 아니고 나노 파우더."

"아, 그렇군요."

"거기에 들어가 있는 건 뭡니까? 기계 로봇?"

"이제 제가 설명해 드리겠습니다."

정인은 나노봇에 대한 프레젠테이션을 이어 나갔다. 그리고 사장의 추임새가 이어졌다.

"그렇게 따지면 우리 제품도 나노봇이지. 그것도 기계 로봇은 아니네."

정인은 잠시 말이 없었다. 주변은 술렁이기 시작했다.

"그렇다면 혹시 정 나노테크놀 나노봇의 용도는 어디인지 알 수 있을까요?"

정인은 이 약간의 침묵을 질문으로 돌파하려 했다.

"우리 제품은 불연 보조제. 플라스틱 만들 때 우리 제품 첨가하면 플라스틱에 불이 안 붙어. 그쪽 나노봇은 어느 회사에서 만드는 건가?"

"아까도 말씀드린 것처럼 저는 제품 소개만 하기 때문에…."

"뭔 놈의 영업사원이 제품에 대해서 알지도 못한데."

사장의 이 말은 표면적으론 혼잣말이었다. 말을 마친 사장의 시선은 다시 휴대전화로 돌아갔다. 정인은 쓸쓸한 웃음을 지으며 알모사10에 대한 설명을 마무리했다.

"사실 이 제품이 이번 달 말에 출시를 앞두고 있습니다. 그렇지만 오늘 구매하시면 제가 병당 만 원에 드리겠습니다. 정가는 이만 원입니다."

출시는 없었다. 그저 이곳에 있는 사람들의 마음을 조급하게 하려는 하나의 책략일 뿐이었다. 이 기술은 팀장이 정인에게 알려줬다.

"그 조그마한 게 왜 그렇게 비싸요? 차라리 대리 부르고 말지."

"대리 기사님들이 치는 사고 안 당해보셨어요? 저는 꽤 많이 당해봤는데. 대리 기사님 믿으시면 안 돼요. 차 안에 있는 물건도 종종 사라져요."

정인은 이 상황이 매우 절박한 듯 자신이 경험한 적 없는 이야기도 마구 쏟아냈다.

"소개 다 하셨으면 가요. 교육 수료증이나 주시고."

사장이 휴대전화를 보며 퉁명스럽게 말했다. 그러나 정인은 이에 굴하지 않았다.

"일단 사장님은 구매 의사가 없으신 것으로 알겠습니다. 다른 분들은 어떠신가요? 나중에 이거 출시 되면 다시는 이 가격에 드릴 수가 없어요."

"아니, 왜 남의 사업장에 와서 영업하는 거야? 젊은 청년이 그렇게 할 일이 없나? 왜 그렇게 살아?"

사장은 이제 대놓고 정인의 마음을 난도질했다. 좀 전보다 더 큰 상처를 받은 듯한 정인은 잠시 미소를 지으며 아무 말도 하지 못했다. 그렇게 회의실은 마치 모두가 동상이 된 것처럼 잠시 얼어붙었다.

"다른 분들도 구매 의사가 없으신 줄 알겠습니다."

정인은 결국 압도적 침묵에 굴복하고 짐을 쌌다. 작아졌던 고기 굽는 소리는 다시 커졌고 멈췄던 대화 소리와 술잔이 부딪치는 소리 역시 점점 커졌다.

정인은 마지막 인사를 위해 사장에게 다가가 알모사10 샘플 세 병과 자신의 명함을 올려놓았다.

"필요하실 것 같아서요."

사장은 아무런 대꾸가 없었다. 그저 휴대전화로 게임만 할 뿐이었다.

정인은 그대로 정 나노테크놀을 빠져나왔다. 어느새 어둑해진 저녁이었다. 주차장에 배치된 크고 작은 자동차들 뒤로 산봉우리가 보였다. 그 봉우리 너머로 마침내 해는 넘어갔다. 정인은 넘어가는 해를 잠시 바라본 뒤 방향을 바꿔 집으로 가는 길에 올랐다.

배차 간격이 한 시간도 넘는 오래된 버스를 타러 터벅터벅 걷는 길. 모래흙과 검은색 구두가 만나며 들리는 싸각거리는 소리가 정인의 귓가에 맴돌았다. 그렇게 정 나노테크놀과 멀어진 뒤 어느 가로등 불빛 아래에서 정인은 휴대전화를 들었다.

"안녕하세요. 유정인입니다."

3
전화

빨간색 후미등이 지독할 만큼 촘촘히 박혀있는 서울대교의 퇴근길. 자전거를 탄 30대 후반의 남자가 너무 고급스럽지도 너무 싸지도 않은 사이클 장비를 착용한 채 자전거 전용도로를 열심히 달리고 있었다. 그런데 그때, 남자의 휴대전화 알람이 울렸다.

남자는 잠시 멈춰 휴대전화를 바라봤다.

"아, 맞네."

남자는 뭔가 생각난 듯 거친 호흡을 고르며 어디론가 메시지를 보내기 시작했다.

「나 이제 퇴근. 자기도 조심히 들어가. 사랑….」

남자의 메시지가 마지막 한 글자만 남았을 무렵, 따로 저장되지 않은 번호로 전화가 걸려 왔다.

"네. 이한결입니다."

한결의 숨은 살짝 거칠었다.

"안녕하세요. 유정인입니다."

반면 전화기 너머의 목소리는 매우 평온했다. 마치 감정이 없는 사람 같았다.

"네? 누구시라고요?"

"유정인 입니다."

"유정인 씨요?"

한결은 '의문'의 표정을 얼굴에 띠웠다. 그리곤 잠시 미간을 찌푸렸다. 전화기 너머의 인물이 누군지 기억하려는 노력으로 보였다.

"두 달 전쯤 장례식장에서 뵀었는데. 명함도 주셨어요."

한결은 그제야 기억났다는 듯 잠시 입을 벌렸다.

"아, 네! 유정인 씨, 잘 지내셨어요?"

"네. 씩씩하게 잘 지내고 있습니다."

"장례도 잘 치르셨고요?"

한결의 표정엔 걱정이 살짝 담겨 있었다.

"네. 덕분에…. 그땐 감사했습니다."

"아니에요. 형석이가 하도 신신당부를 해서…. 아, 형석이는 그때 그 제주도 경찰입니다. 제 동기고요."

"알고 있습니다."

"그런데 어쩐 일로 전화 주셨어요? 무슨 일 있으세요?"

한결은 통화를 잠시 스피커폰으로 돌렸고 메시지의 마지막 글자를 입력한 뒤 전송 버튼을 눌렀다.

"다름이 아니라….”

정인은 잠시 머뭇거렸다.

"제가 지금 장주에 와있는데요….”

"장주요? 경기도 장주?”

"네. 근데 이 동네 분들이 음주운전을 아무렇지도 않게 하시는 것 같아서요.”

"아….”

한결의 표정은 '의아'로 바뀌었다. 왜 자신과 관련 없는 음주 단속 일을 말하는 건지 모르겠다는 표정이었다.

"그거는 그쪽 지역 담당으로 전화하시면 되는데…. 제가 알려드릴까요?”

"아니요. 직접 전달해 주시면 안 될까요?”

이때, 한결의 뒤에서 자전거가 달려왔고 그 바람에 휴대전화를 떨어뜨릴 뻔했다. 한결 앞을 지나간 자전거는 '왜 거기에 멈춰있냐'며 큰 소리를 지른 뒤 순식간에 사라졌다. 한결은 또 다른 주행자가 없는지 확인한 뒤 자전거를 보행자 구간으로 옮겨 전화를 이어갔다.

"형사님? 들리세요? 이한결 형사님?”

이 짧은 사이, 정인은 한결을 애타게 부른 것 같았다.

"네. 들립니다. 제가 지금 자전거 도로 위라서 잠시…. 어디까지 말씀하셨죠?"

"지방 파출소들은 못 믿겠다는 것까지요."

"왜요?"

이제 한결의 표정은 '짜증'이 되었다. 경찰들을 못 믿겠다는 것 때문인지 아니면 앞서 지나간 자전거 때문인지는 알 수 없었다.

"전에도 몇 번 신고 했는데 이미 계획이 있으시다고 알아서 하겠다고만 하셔서요."

한결은 입을 꽉 다물었다.

"사실 제가 음주단속 업무를 하는 게 아니다 보니…."

"전달해 주실 거죠?"

감정이 거의 실리지 않은 정인의 말이 한결의 말을 끊어냈다. 한결의 표정은 이내 '답답'으로 바뀌었다. 여기에서 논쟁을 해봐야 소용이 없었다는 것을 이미 아는듯한 표정이었다.

"네. 제가 직접 전달하겠습니다. 자세한 지역 정보는 문자로 보내주세요."

"감사합니다."

"다 되셨죠?"

한결의 목소리에서 빨리 전화를 끊고 싶은 의지가 느껴졌다. 그러나 정인은 그 의지를 미처 읽지 못한 듯했다.

"그리고…."

"또 있으세요?"

한결의 답변은 거의 한숨에 가까웠다. 그래서인지 정인은 잠시 말이 없었다.

"아닙니다. 부탁 들어주셔서 감사합니다. 귀찮게 해드려 죄송하고요."

"아니에요. 귀찮게 하다뇨."

한결은 자신의 마음이 들키기라도 한 것처럼 갑작스럽게 톤을 올려 말했다.

"저는 다만… 피해자들이 안 생겼으면 하는 바람에서 드린 말씀이었습니다."

"그럼요. 잘하셨어요. 감사합니다."

"정보는 문자로 보내겠습니다."

"네. 들어가세요."

마침내 두 사람의 통화는 종료되었다. 한결은 정인의 문자를 받아 그대로 담당 파출소에 전달했다.

"우리 일은 우리가 알아서 합니다. 그 지역은 나중에 포함하든지 할 테니까 이런 일로 전화하지 말아요."

그러나 결과는 같았다.

숙제 하나를 해결한 한결은 다시 전용 도로로 자전거를 옮겼다. 그리고 얼마 지나지 않아 집에 도착해 샤워를 하고 침대에 누웠다.

"하…."

하루가 고단했는지 그대로 눈이 감기려 했다. 그런데 그때, 다시 한번 휴대전화가 울렸다. 이번엔 아는 번호였다.

"어, 정서야. 집에 잘 들어갔어?"

"오빠."

수화기 너머로 들리는 여자의 목소리는 차가웠다. 한결은 본능적으로 뭔가 잘못된 것을 느끼고 경기를 일으키듯 그대로 일어났다.

"왜? 무슨 일 있어?"

"지금 어디야?"

"집이지."

"후…."

여자의 한숨이 깊었다.

"근데 왜 오늘은 연락 안 했어, 퇴근했다고? 나 계속 불안하게 할래?"

"무슨 소리야? 아까 분명 메시지…."

말을 잠시 멈춘 한결은 여자에게 보냈다고 생각한 메시지를 확인했다. 그러나 메시지는 무슨 이유인지 전달되지 않았고 삭제할지 재전송할지를 물어보고 있었다.

"아… 아까 보냈는데 안 갔네…. 미안."

"나 오빠 사랑하는 거 알지?"

"알지."

"그래서 걱정되는 것도 알지?"

"알지…."

두 번째 '알지'에는 힘이 빠져있었다.

"연락이 없으면 오빠가 일하고 있는 건지 일하다 다친 건지 아니면 큰일이 나서 오빠가… 오빠가….

여자는 훌쩍이기 시작했다. 걱정과 답답함이 담긴 콧물 소리도 들렸다.

"정서야. 내가 말했잖아. 형사들도 업무가 나뉜다고. 나는 그냥 중고 거래 사기꾼들 잡으러 다닌다니까? 영화는 엄청 과장된 거야."

여자는 한동안 울었다.

"오빠가 미안해. 이제 메시지 잘 갔는지 확실히 확인할게."

"나도 미안해. 그냥 나는 오빠가 걱정돼서 그런 거였어."

어느새 그들의 대화는 사랑이 넘치는 라디오 극장으로 변했다.

"우리 결혼해도 계속 연락 주는 거다? 퇴근할 때."

여자의 목소리는 밝아졌다. 의도적인 밝아짐이었지만 활기는 넘쳤다.

"당연하지! 걱정하지 마! 우리 진짜 멋지게 영화처럼 결혼하고 영화보다 더 예쁘게 살자! 알겠지?"

"응."

"그래."

남자와 여자는 흐뭇한 웃음소리를 냈다.

"정서는 지금 어디야?"

"나도 집. 이따가 다시 전화할게."

"그래. 알겠어. 오늘도 고생 많았고."

"응. 사랑해."

"나도 사랑해."

두 사람의 대화는 종료됐다. 폭이 넓었던 한결의 미소는 이제 탄성을 되찾은 고무줄처럼 줄어들었다.

"후…."

한결은 자신의 오른쪽 무릎을 바라봤다. 그곳엔 몇 시간도 채 되지 않은 걸로 보이는 붉은 상처가 있었다. 마치 아스팔트에 갈린 것처럼 넓고 깊었다. 그 외에도 팔과 다리, 배 등에도 오래된 것처럼 보이는 상처들이 꽤 많이 존재했다.

한결은 답답했는지 산책을 위한 옷으로 갈아입고 밖으로 나섰다. 그리고 어느 넓은 교차로에 다다랐을 때, 한결에 눈에 커다란 현수막이 보였다. 그리고 한결은 신기한 듯 그 현수막을 한참 바라봤다.

「노벨상 수상자 엘레나 쿠릴렌코 박사 특별 초청 예배」

노벨상 수상자가 와서 예배를 드린다는 독특한 내용의 현수막이었다.

4
흰옷 입은 사람들

9월 29일. 일요일 아침. 정인은 교회 갈 준비를 하며 흰옷을 입었다. 며칠 전 사무실에서 본 사람들과 같은 의상이었다.

정인은 버스를 타고 이동했다. 그 후 화려한 건물들과 12차선 도로가 길게 뻗어있는 어느 정류장에서 하차한 뒤 정류장과 가까운 10층 높이의 건물 안으로 들어갔다. 이 건물은 주변의 화려한 건물들보다는 낡은 듯한 느낌이었다.

건물 안 1층 로비 중앙에는 '새순결장막회'라는 글씨가 크게 쓰인 목각 현판이 자리잡고 있었으며 그 외에는 온통 하얗게 꾸며져 있었고 로비를 걷는 사람들 모두 정인과 같은 옷을 입고 있었다.

더불어 구석엔 조선의 백자들이 은은한 인공조명을 받으며 아름답게 전시되어 있었는데 진품인지 가품인지는 알 길이 없었다.

"정인 씨, 환영합니다."

로비에 있던 사람 중 한 명이 정인에게 인사했다. 키가 175cm는 훌쩍 넘어 보이는 어느 중년의 여성이었다. 정인도 웃으며 휴대전화를 꺼내 이에 화답했다. 정인의 입가는 떨리지 않았다.

"안녕하세요. 일주일 동안 평안하셨나요?"

"그럼요. 아주 평온했답니다. 정인 씨는?"

"저도 아주 평화로웠답니다."

그녀는 정인의 수어와 휴대전화에서 들려오는 매력적이지만 이질감 있는 목소리에 익숙한 듯했다. 이들의 대화에선 약간의 거리감이 느껴졌지만 비교적 자연스럽게 흘러갔다.

엘리베이터를 탄 정인은 8층을 눌렀고 여성은 10층을 눌렀다. 10층의 버튼은 다른 버튼들과는 조금 달랐다. 그리고 잠시 후 엘리베이터는 문을 닫고 올라가기 시작했다.

"그나저나 정인 씨, 오늘 정말 기대되지 않아? 노벨상 수상자라니."

"그러게요. 처음 봐요. 노벨상 수상자는요."

"기회 되면 말이라도 한번 걸어봐요. 사인도 좀 받고. 정인 씨도 우리 장막 들어오기 전에 과학자였다면서."

"네. 그런데 이젠 아니에요."

"꿈 포기하지 마. 오래 간직하고 있으면 언젠가 다 이뤄져."

중년 여성의 따뜻한 목소리가 정인의 마음을 녹이는 사이 8층이 됐고 엘리베이터는 멈췄다.

"먼저 가 보겠습니다."

"그래요. 오늘 은혜 많이 받으시고."

"네. 비서님도 은혜 많이 받으세요."

이렇게 그들의 거리감 있는 대화는 막을 내렸다. 그러나 정인에겐 또 다른 시작이었다.

8층은 대예배실이었다. 이 건물의 8층과 9층 모두 그랬다. 한 번에 500명 정도는 쉽게 수용할 수 있는 규모지만 의자는 없었다. 방석만 있을 뿐이었다.

대예배실 맨 앞 공간엔 4개의 계단을 올라야 하는 강단이 있었다. 강단 중앙엔 하얀색 세라믹으로 만든 강대상이 있었고 강대상 뒤로 보이는 벽면엔 대형 LED 패널들이 촘촘히 박혀있었다. 예배가 시작되면 이 패널에서 최고 목장의 깊은 주름과 넓은 모공까지도 바라볼 수 있었다.

정인은 대예배실 앞 천장에 커다랗게 매달려 있는 '옐레나 쿠릴렌코 박사 특별 초청 예배' 현수막을 바라봤다. 그곳엔 '11시 시작'이라고 적혀있었다. 정인은 벽에 걸린 시계를 바라봤다. 9시 30분이었다.

"일찍 왔네?"

영업소장이었다. 그 역시 사무실에서와는 다른 새하얀 옷을 입고 있었다.

"안녕하세요. 귀한 분이 오신다고 하니까요."

"그래. 영업은 할 만하고?"

"열심히 하고 있습니다."

이들의 대화는 편해 보였다. 평일과는 달랐다.

"일단은 실적에 너무 목매지 마. 다 잘될 거야. 처음 시작하는데 쉬운 일은 아니지. 오늘 오는 그 사람한테 자문이라도 받아봐. 알모사10 성분 분석표 있으면 그거 보여주고. 영업할 때 좀 더 과학적인 설명이 필요한 부분이 뭔지 알려달라고 하면 정인 씨는 잘 알아들을 테니."

"네."

"참 웃기지. 과학적인 설명만 있으면 사람들은 모든 걸 믿어. 노벨상 후보가 하는 얘기라면 더더욱 신뢰할 거야."

정인은 소장의 말을 듣고 뭔가 떠오른 듯했다. 무엇인지는 알수 없었다.

"네. 감사합니다."

"우리 장막 봉사는 어려운 거 없지?"

"네. 신경 써 주셔서 감사해요."

"당연히 그래야지. 정윤 씨 가족인데. 어려운 거 없다니 다행이네. 일 봐. 나는 저 앞에서 기도 좀 해야겠어."

"네."

말을 마친 소장은 바닥에 균일하게 배치된 방석들 사이로 걷기 시작했다. 양손의 등을 앞 방향으로 한 채 뒤뚱거리며 걷는 소장의 뒷모습은 어떻게 보면 천사처럼 보이기도 했다.

정인은 대예배실 왼편에 있는 대기실 문 앞으로 가 비밀번호를 입력했다. 대기실의 문이 열리며 며칠간 그 안에 봉인된 퀴퀴한 냄새가 정인의 코를 찌른 뒤 정인의 피부마저 감쌌다. 이 냄새는 나이가 많이든 사람들에게서 흔히 맡을 수 있는 냄새였다. 정인은 표정을 약간 찡그렸지만 이내 익숙한 듯 숨을 크게 들이마신 뒤 원래의 표정으로 되돌아왔다.

열댓 명은 넉넉하게 쉴 수 있을 듯한 이 대기실엔 기다란 책상과 그것을 둘러싼 열세 개의 의자가 정 중앙에 놓여있었다. 그 주변으로는 최고급 안락의자를 비롯하여 갖은 편의시설들이 존재했다. 무료 자판기부터 개인 컴퓨터, 커피 머신 등.

정인은 가장 먼저 자신이 들고 온 가방을 한쪽 구석에 내려놓고 불을 켠 뒤 창문들을 열었다. 차들이 지나가는 소리가 매우 크고 선명하게 들렸다. 마치 도로 한복판에 있는 듯했다. 정인은 그런 시끄러운 대로를 한참 내려다봤다.

잠시 후 정인은 하얀 면장갑을 끼고 떨어진 쓰레기는 없는지 책상과 의자에 쌓인 먼지는 없는지 검사했다. 대기실 한쪽 구석에 있는 쓰레기통 안의 내용물도 치웠다. 쓰레기통에는 내용물이 가득 차 있었으나 정인은 그 안에 무엇이 있는지 보지 않았다. 아니, 더 정확히 말하자면 그 안에 있는 것을 봐선 안 됐다. 그저 화장실에 있는 쓰레기 배출구를 통해 쓰레기통을 비우는 것만 가능할 뿐이었다. 쓰레기 배출구는 원래라면 변기가 있어야 할 곳에 자리 잡고 있었다.

쓰레기통을 비운 정인은 시계를 바라봤다. 10시 03분이었다.

그 후 화장실 옆에 있는 또 다른 엘리베이터를 바라봤다. 엘리베이터의 숫자 표시등에는 1이 적혀있었다. 이 엘리베이터는 정인은 사용할 수 없었고 오직 최고 목장과 그가 초대한 손님들만이 허가를 얻어 사용할 수 있었다. 매주 최고 목장은 이 엘리베이터를 이용하여 대예배실을 통해 세라믹 강대상에 올랐다. 어쩌면 아까 만났던 비서도 사용할 수 있을지 모른다.

그런데 그때, 엘리베이터의 숫자 표시등에 위로 향하는 화살표가 나타나 깜빡였다. 정인은 깜짝 놀라 한 발짝 뒤로 물러섰다. 숫자는 점점 올라갔다. 그러다가 순식간에 8층이 되어 도착 소리가 들렸다.

엘리베이터의 문이 열리고 백발의 여자 외국인 한 명과 수행원으로 보이는 비교적 젊은 금발의 여자 외국인 한 명이 등장했다. 나이가 많은 백발의 여성이 엘레나 쿠릴렌코로 보였다. 그들 역시 정인과 같은 흰옷을 입고 있었다.

서로 마주 보고 있는 그들은 잠시 어색한 듯 이곳이 8층이 맞는지 확인했다. 그러다가 정인이 먼저 휴대전화를 꺼내 그들에게 말했다.

"안녕하세요. 이곳이 대기실입니다. 혹시 엘레나 쿠릴렌코 박사님 맞으신가요?"

그들은 정인의 수어에 당황하지 않았다. 수행원은 매우 자연스럽다는 듯 휴대전화에서 들리는 정인의 말을 통역하여 나이가 많아 보이는 사람에게 알렸다. 그 후 나이가 많아 보이는 사람은 여유롭게 가벼운 미소를 보이며 정인을 향해 그녀의 모국어로 뭔가를 말했다. 그리고 수행원은 그녀의 말을 정인에게 전달했다.

"네. 맞습니다. 저희를 위해 청소를 하고 계셨나 보군요. 너무 은혜로워요. 감사합니다."

금발 수행원의 한국어 발음은 완벽했다.

"아직 청소가 덜 끝났는데 괜찮으신가요?"

"네. 천천히 하셔도 됩니다."

"감사합니다. 혹시 필요하신 것 있으시면 말씀해 주세요."

"네. 감사합니다."

그들은 이내 자리를 잡고 앉았다. 그 후 그들은 그들의 언어로 대화하기 시작했다. 정인은 그들의 언어를 알아듣지 못했다. 휴대전화를 통해 알아들을 수 있으나 굳이 그러지 않았다.

정인은 잠시 대예배실 방향으로 나 있는 창문 너머로 영업소장을 바라봤다. 그는 아직도 맨 앞자리에 앉아 기도 중이었다. 정인은 방금 전 그와 나눴던 대화가 생각난 듯했다. 정인의 얼굴은 약간 상기됐다. 마치 선생님에게 질문하고 싶은 내성적인 아이가 어쩔 줄 몰라 하는 모습 같았다. 정인은 힐끔힐끔 눈치를 보며 청소를 빠르게 마친 뒤 그들에게 다가가 이렇게 말했다.

"청소는 모두 끝났습니다. 그런데 질문 하나 해도 괜찮을까요?"

"고맙습니다. 어떤 질문이죠?"

정인은 자신이 매고 온 가방에서 알모사10 샘플과 성분 분석표를 꺼냈다. 그러고는 그것을 외국인 손님이 앉은 책상 위에 올려놓고 한 손으론 휴대전화를 들어 자신의 생각을 전했다.

"저희 장막에서 개발한 신제품입니다. 10분 만에 체내 알코올을 모두 분해해서 술에 취하기 전으로 돌려주는 약품입니다."

"그런가요? 놀랍군요. 이곳의 제품들은 언제나 놀라워요."

"이 놀라운 걸 더 많은 사람에게 알리려면 이 성분 분석표에서 어떤 부분을 강조하면 좋을까요? 사람들은 과학적인 이야기라면 잘 믿을 테니까요."

옐레나 쿠릴렌코는 자신의 가방에서 안경을 하나 꺼내 성분 분석표를 바라봤다. 성분 분석표의 각 항목은 한글과 영어 두 가지 언어로 표기되어 있었다. 옐레나 쿠릴렌코는 집중했다. 잠시의 침묵이었지만 공기가 무거워졌다.

"나노봇의 역할이 흥미롭군요. 일반적인 숙취 해소제가 아니라 알코올 해독제로 출시하실 계획인 것 같은데 혹시 안정성 테스트는 통과가 되었나요?"

"네. 통과 됐습니다."

정인은 언젠가 소장으로부터 전해 들은 얘기를 마치 자신의 이야기처럼 대답했다. 정인의 표정엔 자신감이 가득했다.

"그렇군요. 그래도 너무 자주 섭취하면 간에 무리가 갈 수 있으니 주의해야겠네요. 숙취 문제도 완전히 해결된 건 아닌 거 같고. 음…. 나노봇의 역할을 강조하세요. 애니메이션으로 그려 넣으면 더 좋겠네요. 사람들이 과학을 좋아하는 이유는 이해할 수 없는 것이 이해되기 때문이에요. 그리고 그림은 이해에 가장 큰 도움을 주는 요소죠."

그 후 옐레나 쿠릴렌코는 성분 분석표를 다시 정인에게 돌려줬다.

"정말 감사합니다. 박사님의 가르침 꼭 잊지 않겠습니다."

정인의 표정은 매우 밝아졌다. 마치 알모사10 판매에 성공이라도 한 것 같았다.

"이거 나중에 술 드시고 한번 사용해 보세요. 효과는 정말 좋습니다."

"고마워요."

정인은 그렇게 샘플을 하나 건넨 뒤 성분 분석표만을 다시 가방에 넣고 대기실을 빠져나와 강대상과 가장 먼 곳에 자리 잡은 9층 방송실로 올라갔다.

특별 강연은 성황리에 마무리되었다. 옐레나 쿠릴렌코 박사는 자신의 업적과 신의 축복을 연관 지으며 노벨상 수상에 대한 자랑을 늘어놓았다. 정인은 그런 그녀와 대화했다는 사실만으로도 벅차올랐는지 강연 내내 방송실에서 미소를 지었고 다음날 향할 영업지를 계속해서 확인했다.

예배가 모두 끝난 뒤 사람들은 모두 나가고 정인은 다시 대기실로 향했다. 문단속 겸 정리 정돈을 하기 위해서였다. 정인이 대기실의 문을 열고 들어가자 여전히 퀴퀴한 냄새가 훅하고 콧속을 찔러 미간을 찌푸렸다. 그러나 이내 무언가를 바라본 정인은 알 수 없는 표정을 지었다. 감정이 있는 건지 없는 건지 있었다면 어떤 감정인지 가늠할 수 없는 표정이었다.

정인이 바라본 것은 책상 위에 그대로 올려져 있는 알모사10 샘플이었다. 정인이 올려놓은 그 위치 그 방향 그대로 서 있는 알모사10 샘플.

옐레나 쿠릴린코는 그것에 손조차 대지 않았다.

그리고 잠시 후 정인의 한쪽 입꼬리가 올라갔다. 아주 천천히 그리고 바늘보다 날카롭게.

5
소식

정 나노테크놀 방문 이후 한 달 동안 회식과 연동하여 할 수 있는 교육은 더 이상 없었다. 그래서인지 섭외지에서 정인은 언제나 환영받지 못했고 쫓겨나는 일도 많았으며 날이 갈수록 표정도 어두워졌다. 당연히 매일 저녁 올라오는 실적 순위표의 맨 아래에는 정인의 이름이 고정되어 있었으며 그 옆에 있는 숫자 '0' 역시 변하지 않았다.

이런 정인은 나름 절박함을 느꼈는지 다른 방식으로 알모사 10을 홍보하기 시작했다. 교육 시간 전후로 섭외지 근처에서 지나가는 사람들을 대상으로 무작정 말을 거는 방식이었다. 그러나 그마저도 아무런 소득이 없었다. 매일매일 힘없이 집으로 돌아갈 뿐이었다.

정인은 서울 외곽지역의 4평 남짓한 원룸에서 혼자 살고 있었다. 침대와 책상, 싱크대를 제외하면 발 디딜 틈도 없는 곳이었다.

정인은 그렇게 오늘 하루도 절망하며 불을 끄고 침대에 누웠다. 침대에서 낡은 스프링의 녹슨 소리가 튕겨 올라왔다. 그러나 정인은 익숙하다는 듯 이내 잠들었다.

잠시 후 정인은 몸을 조금씩 뒤척였다. 두 눈꺼풀도 계속 꿈틀댔다. 그러다가 갑자기 두 눈가에 눈물이 촉촉하게 고이기 시작했다.

그런데 그때, 갑자기 모르는 번호로 전화가 걸려 왔다. 정인은 새빨개진 눈으로 휴대전화를 바라봤다. 10월 30일 새벽 2시 30분이었다. 정인은 자신의 수어를 휴대전화가 잘 인식할 수 있도록 방의 불을 켰다.

"여보세요."

"유정인! 유정인 씨 맞아요!?"

중년 남성의 목소리였다. 그의 목소리는 한껏 상기되어 있었다. 주변에 들리는 소음들로 미루어 보아 운전 중인 것 같았다.

"네. 맞는데요. 누구시죠?"

"나! 그때 그 사장. 정 나노테크놀! 기억 안 나요? 정인 씨가 명함 놓고 갔잖아!"

정인은 이 상황을 이해하려는 듯 두 눈을 부릅떴다.

"아, 네. 사장님. 잘 지내셨죠?"

"나 그거 살게요! 그 제품 산다고. 얼마라고 했지? 일단 두 세트 보내봐요!"

"네? 두 세트요? 두 세트면 백만 원 정도 되는데요."

"백만 원?"

남자의 한껏 상기된 목소리는 잠시 꺾였다.

"네. 가격이 조금 높아요."

"상관없어! 그냥 보내요. 내가 주소 찍어줄 테니까 바로 보내요. 알겠지?"

"바로 보내드릴 수는 없고 계약을 하셔야 하는데 제가 내일 찾아뵐까요?"

"계약? 무슨 계약? 꼭 해야 되면 전자계약으로 해요."

"저희 회사 방침이 전자계약은 불가하고 종이 계약만 해야 해서요."

"아니 지금 시대가 어느 때인데 누가 종이로 하나? 일단 알겠어요. 그럼 내일 와요. 아무 때나 그냥 와서 나 찾으면 돼요."

"네. 알겠습니다."

그렇게 그들의 대화는 끝났다. 덥수룩한 머리카락과는 다르게 정인의 표정은 밝았다.

다음 날. 정인은 원래 예정되어 있던 영업지를 포기하고 정 나노테크놀로 향했다. 정인을 무시하던 팀장도 정인의 얘기를 듣고 기뻐 날뛰며 그것을 허락했다. 심지어 자신의 자동차를 빌려주겠다는 얘기까지 했다. 그러나 정인은 운전은 하지 않겠다면서 팀장의 제안을 정중히 거절했다. 팀장은 더 이상 정인을 무시하지 않았다.

계약서를 챙긴 정인은 긴장하며 다시 한번 정 나노테크놀로 향하는 흙길 위에 발을 올렸다. 흙길을 걷는 정인의 발걸음은 지난번보다 훨씬 속도가 붙어있었다. 정인이 신고 있는 구두도 지난번보다 훨씬 빠르게 누런 먼지로 뒤덮였다.

정인의 시야에 주차장에서 담배를 피우는 사장이 들어왔다. 사장은 정인을 보자마자 정인을 향해 뛰어왔다.

"얼마나 기다렸는데! 왜 이렇게 늦게 왔어요. 그런데 제품은? 두 세트 시켰잖아."

정 나노테크놀 사장의 당황스러울 정도의 환대에 정인은 휴대전화를 떨어뜨릴 뻔했다.

"일단 계약을 해야 배송할 수 있어서요. 계약만 하시면 바로 배송 올 겁니다. 원하시면 퀵으로 두 시간 안에도 가능합니다."

"그래요? 그럼 얼른 와요. 빨리 계약하게."

사장은 정인을 회의실로 인도했다. 정인이 한 달 전에 서 있던 그곳이었다.

"일단 계약서 보시고요. 여기랑 여기에 사인 해주시면 됩니다. 그러면 제가 바로 연락해서 제품 배송 진행할게요."

사장은 정인이 내민 계약서를 바라봤다. 총 열 장으로 구성된 계약서였다.

"아니, 뭐가 이렇게 길어요? 무슨 보험도 아니고."

"자세히 보시면 아시겠지만 별다른 내용은 없고 그저 형식적인 내용뿐입니다. 약간의 주의 사항과 오남용 부작용에 대한 설명도 있고요. 잘 아시겠지만 모든 약엔 부작용이 있잖아요. 두통

약조차도."

"그건 당연한 거지."

이 말을 하는 사장의 시선은 이미 계약서에 집중되어 있었다. 어느 정도의 시간이 지나고 사장은 계약서의 마지막 장을 한참이나 쳐다봤다.

"그런데 이건 뭐예요?"

"네? 어떤 거 말씀이시죠?"

"을이 해당 제품의 추천인이 되어 제 3자와의 구매 계약이 성사된다면 이후의 을이 해당 제품을 재구매할 시 원래의 가격으로부터 30% 할인된 금액으로 제공받을 수 있다. 이거 다단계예요?"

"아니요. 그런 거 아니고요. 아직 이 제품이 출시가 안 된 상황이다 보니 홍보가 많이 필요해요. 그래서 그런 차원에서 넣은 겁니다. 사실 저희 입장에서는 넣어봐야 손해 보는 항목이잖아요. 사장님이 더 잘 아시겠지만."

"그러니까. 굳이 불리한 항목을 왜 넣었나 싶은 거지 나는. 홍보 목적이라고?"

"네. 그렇죠."

사장은 잠시 고개를 갸웃거렸다.

"그래요. 그럼."

"그런데 사장님. 왜 갑자기 마음이 바뀌셨는지 여쭤봐도 될까요? 한 달 전에는 필요 없다고 하셨던 것 같아서요."

사장은 도장을 모두 찍고 계약서를 정인에게 내민 뒤 미소를 띄우며 말했다.

"아니, 내가 어제 술을 좀 많이 마시고 집에 가는데 갑자기 음주 단속을 하는 거야. 이 촌구석에서. 내가 여기에서 사업한 지 10년이 넘었는데 한 번도 단속한 적 없었단 말이야. 그렇게 앞이 깜깜해지고 차 안에 물이라도 있나 해서 여기저기 막 뒤졌는데 자동차 글로브 박스에 그 제품이 있더라고. 그게 왜 거기에 있었는지 나는 기억도 안 나. 그냥 정인 씨 온 날 내가 술에 취해서 이것저것 막 집어넣었나 봐."

"제가 온 날은 단속이 없었나 보네요?"

"내가 말했잖아. 10년이 넘도록 한 번도 단속한 적 없었다고. 아무튼⋯."

정인은 잠시 의아한 표정을 짓다가 이내 사장의 말에 다시 집중하기 시작했다.

"나는 지푸라기라도 잡아야 하니까 얼른 마셨지. 그렇게 음주 측정을 했는데 0.09%가 나온 거야. 면허 취소. 이제 나는 끝났다 싶었지. 그런데 그때 정인 씨가 해준 말이 생각났어. 10분 걸린다고. 그래서 내가 경찰한테 10분 있다가 다시 측정하자고 말했지. 경찰도 순순히 응하더라? 그리고 10분 뒤에 측정했더니⋯."

"마법이 일어났죠?"

"그래! 마법! 마법이 일어난 거야! 경찰도 막 당황하더라고! 그래서 내가 오히려 혼 좀 내줬지. 불량 측정기 가지고 다녀서 시

민들 공포에 떨게 하지 말라고! 어찌나 통쾌하던지. 그래서 내가 이거 복지 차원에서 회사에 하나씩 놔두려고. 이런 사장이 어디 있어 요즘?"

정인의 얼굴에 다시 생기가 돌았다. 한 달 만이었다.

"잘 생각하셨어요. 주변 사장님들한테도 많이 알려주세요. 그럼 제가 샘플도 종종 챙겨드리고 할게요."

"그래. 그러자고. 이렇게 좋은 게 있는 줄을 내가 왜 몰랐을까. 아, 그래! 이거 이번 달 출시라고 했지?"

"아… 그게… 조금 밀릴 것 같아요. 윗선에서 뭔가 문제가 생겼다고."

정인의 눈썹이 약간 흔들렸다.

"그래? 그러면 이거 일단 인터넷으로 팔아. 내 친구가 인터넷으로 장사하잖아. 그게 대박이야. 내가 전략 다 알려줄게. 흰 가운 입고 있는 박사들 몇몇 데려다가 원리 설명하고 댓글도 한 사천 개 정도 달면 끝이야."

"댓글을 제가 달 수 있나요? 사천 개 정도를…?"

사장은 정인을 잠시 바라봤다. 마치 어디에서 살다 온 거냐는 듯한 표정이었다.

"이 친구 얼굴만큼이나 순진하네. 요즘 돈만 내면 안 되는 게 어딨어? 날짜별, 나이별, 성별로도 다 가능해. 사 천 명 모두 별점 다섯 개는 조금 인간미 떨어지니까 그중에 한 열 명 정도는 별점 한 개로 주고. 이게 끝이 아니야. 내가 다 알려줄게."

"윗선에 건의는 해 보겠습니다. 그런데 아마 인터넷은 안 하실 것 같아요."

"아니. 왜?"

정인의 표정은 잠시 비장해졌다. 마치 전쟁터에 나가는 장군의 표정 같았다. 가장 뒤에서 말로만 지시하는 장군이 아닌 가장 앞에서 부하들과 함께 싸우는 장군의 표정. 그리고 그 표정은 마치 정인 주변에 존재하는 모든 색을 검게 만드는 듯한 효과까지 만들어냈다.

"상습범들을 먼저 보내고 싶어서요."

"어?"

정인의 의사를 전하는 휴대전화의 매력적인 기계음조차도 정인의 말을 천천히 전달했다. 이때만큼은 휴대전화가 정말로 정인의 목소리를 내는 것처럼도 느껴졌다.

"상습범이라니? 무슨 소리야?"

정인의 비장함은 풀렸다. 주변의 색깔도 원래대로 돌아왔다.

"아, 장주분들한테 먼저 드리고 싶다는 말이었어요. 사장님이 장주에 계시니까. 이 친구가 번역을 잘못했네요."

정인은 애꿎은 휴대전화에 꿀밤을 먹였다.

"종종 이런 오류들이 나기도 합니다."

사장은 정인의 작은 주먹이 귀여웠는지 웃음을 터뜨렸다.

"내 생각 해주는 건 고마운데 그래도 필요하면 말해. 언제든 내가 가서 설명해 줄라니까. 아! 그래. 이제 바로 배송 오는 건가?"

"네. 제가 가면서 전화하면 바로 출발할 거예요. 두 시간 안에 도착할 겁니다."

"그래. 그러자고. 오늘도 회식이여. 하하하."

사장은 세상을 다 가진 것만 같은 표정이었다. 자신의 회사 제품이 대기업에 납품되기로 결정되었을 때 지을만한 표정 같았다. 그리고 그런 사장을 바라보는 정인의 표정 역시 매우 밝았다.

"자주 드세요?"

"어? 무슨 말이여, 그게?"

순간, 두 사람 사이에는 묘한 정적이 흘렀다. 뭐라 말할 수 없는 애매하고도 숨 막히는 정적이었다.

"아, 그게…."

"이봐요 정인 씨!"

사장은 매우 공격적으로 정인의 이름을 불렀다.

"걱정 마."

그리곤 매우 부드럽고도 익살스러운 표정을 지으며 정인에게 말했다.

"자주 이용할 테니까. 하하하하하."

"네. 감사합니다."

정인도 사장과 함께 웃었다.

"정인 씨도 한잔하고 가. 이왕 이렇게 된 거."

"말씀은 감사하지만 제가 저녁에 가봐야 할 곳이 있어서요. 다음에 기회가 되면 함께 하겠습니다."

"저녁에? 애인이랑 약속인가?"

"그런 셈이죠. 사랑하는 사람들이니."

"뭐여, 애인이 여럿인 건가?"

"네. 맞습니다."

사장과 정인은 한바탕 호쾌한 웃음을 터뜨렸다. 회의실 바깥에 있는 직원들이 무슨 일인가 싶어 그들을 한참 바라봤다.

"내가 서울 갈 일이 자주 있어. 거기도 사장들 모임인데 골프장도 갔다가 호텔도 갔다가…."

사장은 뭔가 생각났다는 듯 정인을 자신의 차로 데려갔다. 그리곤 차 문을 열었다. 그 바람에 차 안을 가득 채우고 있는 손바닥만 한 책자 하나가 떨어졌다. 사장은 그것을 주워 정인에게 보여줬다.

"이번에 새로 나온 우리 회사 제품 카탈로그야. 어때? 멋지지? 작고 간편하고."

"네."

"내가 서울 가서 다른 회사 사장들 만나면 이거 항상 뿌리고 다니거든. 그러면 매출이 막 늘어."

"네…."

정인은 큰 관심 없었다는 듯 형식적인 대답만 했다.

"정인 씨도 이런 거 만들어 봐. 원하면 내가 업체도 소개해 줄 테니까."

"네. 나중에 필요하면 말씀드릴게요."

"아무튼 나 서울 가면 그때는 꼭 한번 나와. 알겠지?"

"네. 감사합니다. 아, 그런데 사장님."

"어?"

그렇게 정인은 웃으며 사장을 바라봤다.

"마지막으로 제가 모든 구매자분들께 드리는 말씀이 있는데
요."

"뭔데?"

정인은 잠시 미소를 보였다.

"알모사10의 지나친 사용은 선생님 건강을 해칠 수도 있습니
다. 10분이 지나서 알코올이 사라진다고 해도 숙취는 어느 정도
남아있을 거고요."

"참나. 나는 또 무슨 비장한 말을 하는 줄 알고…. 알겠어!"

"저는 분명 말씀드렸어요."

"알겠다니까!"

정인은 그렇게 정 나노테크놀을 빠져나왔다. 그리고 정인은
어디론가 향했다. 그곳 역시 버스가 잘 다니지 않는 도시 외곽이
었다. 한참 동안 버스를 기다리며 걷기를 반복한 뒤 해가 어둑해
질 때쯤 정인은 어느 봉안당에 도착했다.

그 안으로 들어간 정인은 수많은 유골함 중에서도 가장 밑바
닥에 있는 곳을 바라봤다. 그리곤 애써 웃으며 그곳에 털썩 주저
앉아 어느 이름들을 나지막이 불렀다.

"유필석. 이희수. 유정윤."

그곳엔 각자가 정인과 찍은 사진이 있었다. 중앙에 있는 이희수라는 사람의 유골함에는 정인을 포함한 네 명이 함께 찍은 사진이 하나 더 있었다. 봉안당의 경건한 분위기와는 전혀 다르게 그 안에서 그들은 모두 행복한 웃음을 짓고 있었다. 그들을 바라보는 정인의 표정도 사진의 정인과 표정이 점차 같아졌다. 한동안 그렇게 그들을 번갈아 가며 바라보던 정인은 작은 소리로 이렇게 말했다.

"나 오늘 기분이 너무 좋아. 새 소식이 있거든."

6
면접

정인이 봉안당을 떠날 때쯤 두 남자가 들어왔다. 한 사람은 젊은 청년이었고 한 사람은 노년기에 접어든 사람이었다. 그리고 이내 두 남자는 중년 여성의 사진이 있는 유골함 앞에 멈췄다.

"네 엄마는 어쩜 이렇게 계속 예쁘냐."

"그러게요."

두 남자는 한동안 환하게 웃는 중년 여성의 사진을 흐뭇하게 바라봤다.

"여보, 그거 알아? 우리 아들 김민준이가 대한민국 최고 기업 상지전자 면접 보고 왔다는 거?"

아버지의 표정은 매우 밝았다. 설렘도 보였다.

"에이, 아버지. 그거 망했다고 했잖아요. 답변도 제대로 못 했고…."

"얌마. 상지전자 면접을 아무나 보냐? 자격이 있으니까 본 거지. 떨어지고 붙는 건 하늘의 뜻인 거야."

"그래도…."

"어때, 여보? 우리 아들 대견하지?"

사진 속 여성은 남편의 물음에 대답이라도 하듯 환한 미소를 유지했다.

"어? 뭐라고? 혼자서도 잘 키운 나도 대견하다고?"

아버지의 익살에 아들은 한바탕 크게 웃었다.

잠깐의 가족 모임을 끝낸 두 사람은 어디론가 걸었다. 그들이 가는 길의 끝에는 작은 버스 정류장이 있었다.

"집에 가세요?"

"아니. 나는 일 가야지. 오늘 야간작업이야."

"야간이면 위험한 거 아니에요?"

아들은 걱정스러운 말투로 아버지에게 물었다.

"얌마, 내가 노가다 짬밥이 몇 년인데. 너 내가 아직도 벽돌 나르고 그러는 줄 아냐?"

"아니에요?"

"아니지. 나 이제 경광봉 들고 가만히 서서 차량 유도해. 아무리 큰 덤프트럭도 내가 저리 가라면 저리 가고 이리 오라면 이리 오는 거야."

아버지는 호쾌한 웃음소리를 냈다.

"그래도 야간에 일하면 건강 안 좋아진대요."

"야간에 일해야 돈이 더 들어오지! 그리고 나 아직 건강 생각

할 때 아니야 인마."

두 사람은 계속 걸었다.

"너는? 집에 가냐?"

"아뇨."

"그럼?"

"저도 일 가요. 어제 편의점 면접 봤는데 오늘부터 오라고 해
서."

"야간에?"

"야간에 일해야 돈이 더 들어오죠."

아버지와 아들은 웃었다. 그러나 아버지의 끝 웃음은 씁쓸했
다.

"돈 걱정 하지 말고 취업 준비하라니까."

"돈 걱정 안 해요. 그냥 공부만 하기 심심해서 노는 거예요."

"놀기는 짜식…. 심심하면 네 할머니 댁 가서 놀아. 사람도 없
고 으스스하고 얼마나 재밌냐."

"다음에 가볼게요."

두 사람이 버스 정류장에 도착하자마자 버스 한 대가 들어왔
다.

"아버지, 저는 이거 타요."

"그래. 잘 다녀와라. 내일 아침이나 같이 먹자."

"네. 아침에 봬요."

민준은 버스에 올랐다. 그리고 한동안 바깥 풍경을 멍하니 바

라봤다. 그런데 그때, 휴대전화의 알람이 울렸다.

「김민준 님의 계좌에 1,000,000원이 입금되었습니다.」

깜짝 놀란 민준은 같이 온 메시지를 눌렀다.

「아들, 진짜 돈 걱정 말고 취업 준비 열심히 해.
일은 아빠가 할 테니까.」

메시지를 확인한 민준은 고맙다는 답장을 한 뒤 계속 바깥 풍경을 바라봤다. 그러나 방금 전과는 달리 눈이 조금 붉게 변한 상태였다.

민준의 첫 편의점 알바는 쉽지 않았다. 첫날이라 점장이 같이 있었으나 결제를 위한 포스기 사용법을 익히는 데만 몇 시간이 걸렸고 취객들의 말동무를 해주는 것도 힘들었다. 그러나 다행히 큰 사고는 없었고 비교적 성공적인 첫날밤을 보냈다.

"내일, 아니. 이따, 아니…. 오늘 밤에 뵙겠습니다."

일을 마치고 초췌한 얼굴로 터벅터벅 버스 정류장으로 걸어가는 민준의 눈에 넥타이를 반쯤 풀고 어디론가 급하게 뛰어가는 직장인이 보였다. 넘어질 듯 말 듯 한 그의 뜀박질이 불안해서는 아닌 것 같았다.

잠시 후 민준은 버스를 타고 집에 도착했다. 아버지는 안 계셨다. 조금 늦는다는 메시지만 와 있을 뿐이었다. 민준은 피곤했는지 씻을 생각도 못 하고 침대에 누웠다. 그리고 잠깐 정신을 잃었다.

그런데 그때, 휴대전화가 짧게 울렸다. 민준은 무거운 눈꺼풀을 억지로 뜨며 문자의 내용을 확인했다.

「상지전자 최종 합격을 축하드립니다.
자세한 내용은 메일 확인 부탁드립니다.」

민준은 놀란 눈으로 문자의 내용을 읽고 또 읽고 계속 읽었다. 그걸로도 모자랐는지 한 글자씩 또박또박 소리 내어 읽기도 했다. 그러고는 메일함에 들어가 합격자가 준비해야 하는 사항들에 대해서도 읽었다.

그제야 민준은 일어났고 기쁨에 겨운 포효를 시작했다. 포효를 마친 민준의 양쪽 입꼬리는 찢어질 듯 올라갔다. 그리고 어디론가 급하게 전화를 걸었다.

"아버지! 우리 맛있는 거 먹어요! 세상에서 제일 맛있는 아침!"

7
영업팀 사람들

11월 1일 오후 5시. 정인은 홀로 사무실에 앉아 있었다. 매월 첫째 날은 모든 영업소의 직원이 저녁에 모여 그 전 달에 있었던 실적을 공유하며 회식을 하기 때문이다. 잠시 후 팀장이 사무실에 등장했다. 그녀는 오늘 보라색 블레이저 안에 몸매가 드러나는 하얀색 원피스를 입었다.

팀장은 사무실에 홀로 있던 정인을 보자마자 웃었다. 그러고는 평소보다 훨씬 높은 톤의 목소리로 정인을 불렀다. 아마도 정인이 영업에 성공해서 팀장도 수수료를 챙기기 때문인 듯싶었다.

"거봐, 하면 되잖아. 내가 뭐랬어. 어?"

팀장은 아이처럼 말끝을 매우 길게 늘이며 말했다. 마치 입에서 물결표가 나오는 것 같았다.

"네. 감사합니다."

"이제 돈맛 알겠지? 축하해. 어휴, 길었다. 한 달 넘게 이름 옆에 숫자 없던 사람은 정인 씨가 처음이야. 내가 몇십 년 동안 이 일 했지만."

순간 정인의 손이 움찔했다. 아마 '0도 숫자입니다'라는 말을 하고 싶었던 것 같았다. 그러나 정인은 자신의 생각을 그 어떤 방식으로도 보이지 않았다.

얼마 지나지 않아 사무실 문이 열리고 오늘의 영업을 마친 사람들이 하나둘씩 들어왔다. 그들은 들어올 때마다 정인의 얼굴을 보고 축하의 말을 건넸다. 정인도 일어나 그들의 인사를 받았다.

그렇게 어느새 모인 열 명 남짓한 영업사원들은 각자의 안부를 물으며 소장을 기다렸다.

소장이 들어오기 전 마지막으로 들어온 인물은 차강준이었다. 그는 큰 키에 마른 몸을 가졌으며 얼굴도 굉장히 잘생긴 호남형 인간이었다. 그는 체크무늬 재킷을 한 손에 들고 흰색 셔츠 맨 위의 단추를 풀어 헤친 채 등장했다.

"축하해요. 마지막 날에 한 건 하셨네."

그 역시 들어오자마자 얇은 톤의 목소리로 정인에게 축하의 말을 건넸다. 그의 얼굴은 매우 밝았다.

"네. 대리님도 축하드립니다."

"운이 좋았죠."

차강준은 그날 꽤 큰 계약을 성공시켰다. 팀장과 소장의 입에

함박웃음이 지어질 만큼의 큰 계약이었다. 사무실의 분위기는 금세 차강준에게 완전히 넘어갔다.

"와, 역시 강준 씨가 배운 사람이라서 달라. 어쩜 그렇게 큰 계약을 성공시켜?"

"진짜 운이 좋았어요."

차강준은 운이란 점을 강조했다. 그러나 그의 얼굴은 '이 모든 게 내 능력이야'라고 말하고 있었다. 이 메시지는 몸짓, 손짓, 걸음걸이에서 한층 더 증폭되어 드러났다.

차강준은 독일 유학생 출신이라고 알려져 있었다. 베를린 대학에 수석으로 입학하여 중퇴한 뒤 한국으로 돌아왔다고 한다. 이유는 알 수 없었다. 사실인지도 알 수 없었다.

"마침 교육하러 간 곳에 환자 가족이 있더라고요. 제가 대장암 치료 보조제 파는 걸 알기라도 하듯이."

이곳에 모인 열 명 남짓한 영업사원들은 각자 판매하는 제품이 조금씩 달랐다. 건강 보조식품, 상비약 키트, 화장품 등 박리다매와 폭리소매를 기준으로 자신이 원하는 상품을 골라 판매했다.

대표적인 박리다매 상품은 상비약 키트이고 폭리소매의 대표주자는 대장암 치료 보조제였다. 그리고 차강준은 후자를 선택해 판매했다. 안 그래도 비싼 제품인데 한 번 계약 시에는 최소 1년 치를 계약해야 하는 조건이 붙어있기에 더 비싼 제품이었다.

그래서 한 달에 한 번만 최소금액으로 계약에 성공해도 평범한 직장인들 두세 달 월급에 해당하는 금액을 벌 수 있었는데 차강준은 이날, 2년 치 계약을 성공시켰다.

마침내 그들이 기다리던 영업소장이 들어왔다. 그의 손에는 한 달간의 영업 실적표가 들려있었다. 역시나 실적표 맨 위에 있는 이름은 차강준이이었으며 가장 아래에 있는 이름은 유정인이었다. 차강준은 지난달에도 1등이었다. 정인이 마침내 영업에 성공하긴 했어도 하루 만에 다른 사람들의 한 달을 따라잡을 수는 없었다.

"자, 다들 모였나?"

소장은 그 특유의 여유로운 중저음 목소리를 뱉으며 팀원들의 얼굴을 살폈다. 그의 얼굴에도 미소가 피어있었다.

소장은 실적표를 앞에 세워두고 이런저런 연설을 했다. 자신의 경험과 성공 스토리 그리고 영업사원들에게 동기부여가 될만한 이야기들.

긴 이야기를 마친 뒤엔 영업사원 한 명 한 명의 이름과 실적표에 나와 있는 숫자를 대조해 가며 핀포인트로 그에게 가장 필요한 역량은 무엇인지 각자가 가진 상품을 판매하는 가장 효과적인 전략은 무엇인지에 대해 말했다. 영업사원들은 모두 고개를 끄덕이며 진지하게 소장의 이야기를 들었다.

소장의 모든 이야기가 끝나기까지 정확히 한 시간 삼십 분이 걸렸다. 그 시간이 끝나자 그들은 박수를 치며 근처의 삼겹살집으로 자리를 옮기기 시작했다.

정인도 이에 휩쓸려 가려던 찰나, 소장은 정인을 따로 불렀다.

"정인 씨는 나랑 같이 가."

"네. 소장님."

"잠깐만 기다려. 본사에 좀 다녀올 테니."

본사는 바로 위층에 있었다. 마케팅 직원들이 장부에 적힌 기업들에 전화를 돌리며 500만 원으로 협박하는 곳이었다.

자리를 이동하는 잠깐의 소란이 정리된 뒤 사무실엔 어느새 차강준과 정인만 남았다. 차강준은 가지고 온 계약서를 바탕으로 고객의 정보를 전산처리 중이었다. 그는 정인과 단둘이 있는 게 어색했는지 잠시 눈치를 보며 이런 말을 했다. 약간의 허세가 담긴 것 같은 표면상의 혼잣말이었다.

"아…. 그 여자 엄마, 딱 2년만 더 살았으면 좋겠다. 그래야 계약 해지 안 당하는데."

대장암 치료 보조제는 사용자가 사망하면 자동으로 계약이 해지 됐다. 그렇게 되면 계약금의 일부를 차강준이 다시 토해내야 했다. 차강준은 그런 일이 발생하지 않길 바라는 것 같았다.

정인은 차강준의 말에 딱히 대꾸하진 않았다. 그저 컴퓨터를 바라보는 그의 뒤통수를 날카롭게 응시하고 있을 뿐이었다. 아마도 정인은 차강준이 계약을 따내기 위해 눈물을 흘리며 연기하는 모습을 상상하는 듯했다. 아픈 고객의 가족들을 이해하는 척 위로하는 척.

다행히 정인의 눈빛에 의해 차강준의 뒤통수가 뚫리기 전 소
장이 들어왔다.

"강준! 바빠? 얼른 가자."

"네. 거의 다 됐습니다. 마무리하고 갈게요. 먼저 가세요."

"그래."

그렇게 정인과 소장은 회식 장소로 향했다. 그들은 그곳까지
걸어가며 짧은 대화를 시작했다.

"정인."

"네. 소장님."

"마음은 좀 어때?"

"좋습니다."

"계약하고 찾아뵀어?"

"네. 바로 다녀왔습니다."

"잘했네. 다들 기뻐하실 거야."

그들은 잠시 멈췄다. 빨간 신호등 너머로 보이는 식당의 직원
들은 웃는 얼굴로 분주했다.

"오늘은 잊어. 다 잊고 그냥 즐겨."

"네."

잠시의 어색한 침묵이 흐르고 정인의 표정은 소장에게 뭔가를
물어보려는 듯 바뀌기 시작했다.

"저기, 소장님…."

그런데 그때, 뒤에서 차강준이 헉헉대며 달려와 정인의 말을

썰어냈다. 깜짝 놀란 정인은 하마터면 가슴높이로 들고 있던 휴대전화를 놓칠 뻔했다.

"다들 걸음이 느리시네!"

차강준이 이 말을 마치자 신호등의 불은 진한 녹색으로 바뀌었다.

"저 먼저 가볼게요. 얘기들 더 나누셔요."

차강준은 삼겹살집으로 달려갔다. 그의 뒷모습은 오만함으로 한껏 물올라있었다.

"저놈은 참, 가는 곳마다 막힘이 없어."

"그러네요."

"너무 부러워하고 그러진 마. 그래도 쟤, 이 일 시작한 지 꽤 오래된 놈이야. 아, 그런데 아까 뭐 물어보려고 하지 않았나?"

"아니요. 그냥, 저한테 기회 주셔서 감사하다는 말씀 하고 싶었어요."

정인의 말에 소장은 멋쩍은 듯 웃어 보이며 저 멀리 지평선 아래로 향하는 해를 잠시 바라봤다. 반면 정인의 눈은 달려가는 차강준의 뒷모습을 향해있었다.

회식은 대체로 즐거운 분위기였다. 서로 술에 취해 언성이 높아질 때도 있었으나 싸움으로 연결되진 않았다. 술을 마시지 않는 정인을 두고 '언젠가 마실 것이다'와 '끝까지 마시지 않을 것이다'로 나뉘어 내기가 벌어지기도 했다. 정인은 그런 그들을 아무 말 없이 가만히 바라보고 있었다.

어느덧 사람들은 삼겹살집 바로 앞, 작은 주차장 겸 마당에 모여 마무리 인사를 한 뒤 각자의 방향으로 갈 길을 나섰다. 이때는 저녁 11시였다.

정인은 혼자서 터벅터벅 버스를 타러 갔다. 정인이 타는 버스는 회사 건물 바로 앞 정류장에 서기 때문이다. 그런데 그때, 뒤에서 정인을 부르는 소리가 들렸다. 차강준이었다.

"정인 씨! 어디로 가요? 안 멀면 태워줄까요? 나 차 여기 있어요."

정인은 뒤돌아 차강준을 바라봤다. 그 후 고개를 저은 뒤 휴대 전화를 꺼냈다.

"아니요. 괜찮아요. 버스 타고 가면 돼요. 감사합니다."

"가는 방향 맞는 거 같은데. 태워줄게요."

"대리 부르시려고요?"

"아니 뭐, 나도 바로 여기가 집 앞이라…. 그리고 얼마 마시지도 않았어요."

이 말을 하는 차강준 입에서 돼지기름과 에탄올 냄새가 섞인 진한 썩은 내가 흘러나와 정인의 콧속을 때렸다. 그러나 정인은 아무런 내색도 하지 않았다.

"저는 괜찮습니다. 감사해요. 오늘 축하드리고요."

"정인 씨도 축하해요, 첫 계약. 나보다 더 잘하시네."

정인은 이 말에 대꾸하진 않았다. 그러다 뭔가 생각난 듯 가방에서 알모사10을 하나 꺼냈다.

"제 고객님이 바로 효과 보신 거예요. 혹시 위급한 상황이 오면 사용하세요."

가로등 불빛에 반사된 차강준의 붉은 얼굴이 당황한 기색으로 변했다. 그러고는 말없이 정인이 건넨 알모사10을 받았다.

"효과 하나는 보장해요."

이 말을 마친 정인은 휴대전화를 내리며 약간의 미소를 차강준에게 보여준 뒤 다시 돌아 자신의 길을 걸었다.

차강준은 어안이 벙벙한 표정이었지만 이내 아무렇지 않다는 듯 여유를 되찾으며 정인의 뒷모습을 바라봤다. 그러고는 그도 뒤돌아 자신의 차로 향했다.

정인이 버스 정류장으로 가는 길의 가로등은 고장 난 모양이었다. 그러나 정인은 신경 쓰지 않았다. 그 길이 아무리 어둡고 혹은 험할 지라도 어쨌든 그 길은 정인의 목적지로 향하는 길이었기 때문이다.

8
최선의 결과

"너 지금 어디냐?"

사복을 입고 조수석에 앉은 한결에게 상사의 전화가 걸려 왔다.

"복귀 중이죠. 오늘, 11월 13일에 보고서를 꼭 받아보셔야겠다면서요."

역시나 사복을 입었지만 긴장한 모습으로 운전석에 앉아 운전 중인 남자는 흘끔 한결을 바라봤다.

"됐고, 너 소서 역 가 봐라."

"소서 역은 왜요?"

"그때 기억 나냐? 사기당해서 울던 애?"

"사무실 안에서요?"

"그래. 그 짧은 머리. 네가 물 떠 줬던 애."

"걔가 왜요?"

"술 먹은 건지 약 먹은 건지 쇠 파이프 들고 난동 부리고 있대. 지구대 애들이 감당하기 힘든가 봐."

"보고서 안 써도 돼요?"

"가서 걔 진정이나 시켜! 힘들면 특공대 부르던가."

한결은 희미한 미소를 띠며 통화를 마쳤다.

"들었지? 가자."

"네. 선배님."

"아, 그냥 형님이라고 부르라니까."

"제 스스로 진짜 형사라고 인정하면 그때 그렇게 부르겠습니다."

"아휴. 새끼…. 인정받으려고 애쓰지 마. 세월이 다 해 준다. 그런 거."

한결은 운전 중인 남자의 머리를 쓰다듬었다.

어느새 그들은 소서 역에 도착했다. 짧은 머리의 남자가 허공에 쇠 파이프를 휘두르고 있었다. 남자는 아직 11월 중순이었음에도 한겨울이라도 되는 듯 두꺼운 옷들을 입고 있었는데 그 옷에는 몇 가닥의 줄들이 박혀있었다.

"옷 때문에 테이저건이 안 먹혀요."

현장에 도착한 한결과 후배에게 제복과 조끼를 입은 경찰들이 말했다. 한결과 후배는 잠시 서서 짧은 머리의 남자를 바라봤다. 남자는 멀찍이 떨어져 자신을 촬영하는 사람들을 바라보며 소리쳐댔다.

"이 망할 놈의 세상! 정의도 상식도 다 뒤졌다! 내가 미친놈처럼 보이지? 그래! 나 미친놈이다! 그런데 너넨 안 미칠 거 같냐? 너네도 나처럼 당해봐! 미치나 안 미치나!"

한결은 한숨을 내쉬며 짧은 머리의 남자에게 한 걸음 다가갔다.

"선생님! 그때 저 기억 나세요? 경찰서에서 뵀었잖아요."

남자는 한결을 바라봤다. 동시에 후배는 뭔가 생각났다는 듯 천천히 뒤로 빠져 어디론가 향했다.

"아! 그때 그 경찰! 나한테 물먹인 경찰!?"

"물 먹인 게 아니라 물 한 잔 드린 거죠."

"씨발! 너희가 더 나빠!"

짧은 머리의 남자는 쇠 파이프를 허공에 휘둘렀다.

"피해자들은 다 죽게 놔두고 가해자들은 잘 살게 놔두는 새끼들이잖아!"

"선생님! 그럴 리가 있겠습니까? 저희는 언제나 선생님들 편입니다."

"개 소리!"

남자는 갈라지는 목소리로 있는 힘껏, 온몸으로 외쳤다.

"너희가 우리 편이라고? 지랄하지 마. 법이 어쩌고 하면서 가해자 새끼들 빠져나갈 구멍만 만들어 주잖아!"

"선생님. 법이 모든 걸 해결할 수 없다는 건 인정하지만 최선의 결과는 만들어 내잖아요."

한결은 진심으로 말했다. 그의 진심이 짧은 머리의 남자를 설득할 수 없다는 걸 알면서도 그렇게 말했다.

"최선…?"

짧은 머리의 남자는 나지막이 읊조렸다.

"그래서 그 최선의 결과가…. 이거냐!?"

짧은 머리의 남자는 한결에게 달려들었다. 한결은 당황했고 주변에 있던 제복과 조끼를 입은 지구대 대원들도 삼단봉을 잡고 방어 자세를 취했다.

그런데 그때, 어디선가 후배가 달려들어 짧은 머리의 남자를 제압하려 했다.

"가만히 계세요!"

후배는 일단 짧은 머리의 남자가 가진 쇠 파이프를 무력화하기 위해 애썼다.

"야! 너 뭐 하는 거야!"

한결이 당황하며 외치는 걸로 보아 이 상황은 미리 계획된 것은 아닌 듯했다.

"잡아!"

후배의 모습을 본 지구대 대원들 중 한 명이 외쳤고 제복 입은 사람들은 짧은 머리의 남자에게 달려들었다.

그런데.

「깡!」

맑은 쇳소리가 주변에 울려 퍼졌고 동시에 후배는 눈이 뒤집히며 그대로 쓰러졌다. 다행히 미리 출발한 지구대 대원들 덕분에 추가 피해는 막을 수 있었다.

"야아!"

한결은 소리치며 후배에게 달려가 두 팔로 그의 머리를 안았다.

"야! 정신 차려! 누가 구급차 좀 불러주세요!"

한결이 미친 듯 외쳤다.

"빨리 불러달라고! 씨발!"

그리고 더 크게 외쳤다.

그런데 그때, 지구대 대원 중 한 사람도 외쳤다.

"잡았습니다! 제압했습니다."

최선의 결과를 얻어내고 외치는 감격에 겨운 소리였다.

9
울산 해물 수산

12월 22일. 크리스마스가 되기 전. 화려했던 강남의 불씨가 거의 사라져가고 대리운전 기사들만 바삐 움직이는 어느 밤에 검은색 소형 세단이 어디론가 향하고 있었다.

"어디 계신다는 거야…."

새벽임에도 매우 단정한 모습의 민준이 목을 쭉 뺀 채 운전을 하며 주변을 살폈다.

"아버지한테 전화해 줘."

민준은 운전석 옆에 달린 휴대전화에 손을 대지 않고 어디론 가 전화를 걸었다. 그러나 아버지는 응답이 없었고 통화연결음 만 지속됐다.

"제대로 알려주시고 전화를 끊으셔야지…. 진짜."

혼잣말로 투덜거리던 민준은 이내 사거리를 만났고 깜빡이를 켜며 우회전했다. 그러자 그 전엔 미처 보이지 않던 8차선 도로

와 최고급 대형 세단이 눈에 들어왔다.

"뭐야?"

목을 빼고 주변을 둘러보던 민준은 비틀거리며 중앙선도 넘나드는 최고급 대형 세단을 경계하듯 바라봤다.

"술 처먹었네."

민준은 혹시라도 그 차와 엮일까 속도를 늦추고 눈치를 보다가 재빨리 최고급 대형 세단을 앞질렀다.

그리고 이때, 전화가 울렸다.

"내 아들 김민준이!"

스피커에서 들리는 목소리는 매우 상기되어 있었다.

"아버지 어디예요? 전화를 그렇게 끊고 안 받으시면 어떡하냐고요."

"내 아들 김민준이가 우리나라 최고의 대기업 상지전자에 취업했다는데! 전화 받을 새가 어딨어!? 자랑하기 바빠죽겠는데! 하하하하."

아버지는 민준의 말에 대답하기보다는 하고 싶은 말을 하기에 바빠 보였다.

"새 차는 어때? 이 아비, 회장님처럼 모셔도 될만하냐?"

"아니, 어떤 회장이 소형 세단 타고 다녀요. 어디 계신지 알려주세요. 그래야 제가 지도 찾아보고 가죠."

"아! 여기? 여기가…. 물산 해물 수산! 큰 길가에 있어서…."

이때, 아버지의 목소리를 뚫고 친구로 추측되는 사람들의 고함이 들려왔다. 어서 들어오라는 외침이었다. 마치 해가 뜨는 것을 기어이 보고 말 것이라는 다짐이 담긴 외침 같았다.

"알았어 짜샤! 들어가면 될 거 아냐!"

아버지는 그런 그들에게 맞대응하듯 외쳤다.

"야, 내 아들 민준아! 아무튼 여기 와서 빵빵 한 번만 해 줘라. 그래야 이 새끼들이 내가 회장님처럼 뒷자리 타는 거 볼 거 아니냐?"

"알았어요."

민준은 썩 내키지 않는 듯했지만 옅은 미소를 띠었다.

아버지와의 대화를 마친 민준은 차를 잠시 길가에 세우고 물산 해물 수산을 검색했다. 아버지 말대로 큰 길가에 있어 찾기 어렵지 않았다.

민준은 다시 차를 움직이며 지도가 가리키는 곳으로 향했다. 그리고 매우 짧은 시간 안에 물산 해물 수산에 도착해 길가에 차를 댔다. 다행히 그곳엔 민준의 차밖에 없었다.

물산 해물 수산은 벽면이 온통 통유리로 되어있는 가게였다. 새벽인데도 백색 등이 켜져 있어 대낮과 같은 분위기를 연출했고 사람들은 활기가 넘쳤다. 그래서인지 민준은 아버지가 어디에 있는지 내리지 않고도 단번에 확인할 수 있었다.

민준은 경적을 짧게 세 번 눌렀다. 아버지는 그 소리를 기다렸다는 듯 일어나 친구들에게 자랑하며 가방을 챙겨 나오기 시작했다. 민준은 그런 아버지가 귀여운 듯 작게 소리 내어 웃었다.

물산 해물 수산의 통유리 문이 열리고 그 뒤로 부러워하는 아버지 친구들의 눈길이 아버지와 함께 빠져나왔다. 아버지는 그 눈길을 직접 보진 않았어도 다 알고 있다는 듯 흐뭇한 미소를 지으며 천천히 걸어 나왔다.

마침내 아버지는 민준의 차 뒷문 손잡이에 손을 넣었다. 그러다 잠시 뒤돌아서 여전히 부러운 눈빛으로 바라보는 친구들에게 손을 흔들며 문을 활짝 열었다.

그런데 그때.

「쾅!」

차 왼쪽 트렁크 부분에서 커다란 충격음이 들렸고 자연스럽게 민준의 차는 인도를 넘어 물산 해물 수산 입구 쪽으로 밀려 날아갔다. 민준의 입에서도 짧은 비명이 들렸고 민준도 차와 함께 잠시 붕 떴다가 겨우 내려앉았다.

"아버지…."

다행히 정신을 잃지 않은 민준의 입에서 가장 먼저 나온 말이었다. 그리고 민준의 이 말과 동시에 물산 해물 수산에서는 비명 소리가 들리기 시작했다. 그 안에 있던 모든 사람들의 비명이었다.

이 짧은 시간 안에 민준의 시선은 두 곳으로 향했다. 첫 번째는 물산 해물 수산 통유리 벽에 짙게 묻은 핏자국, 두 번째는 그

아래에 힘없이 엎드려 있는 아버지의 모습으로.

"아버지!"

민준의 갈라진 절규는 차를 뚫고 나왔다. 민준은 폭발적인 속도로 눈을 감고 있는 아버지에게 달려갔다. 이상하게도 아버지의 얼굴은 평안해 보였다.

"아버지!"

민준은 다시 한번 소리 질러 자신을 낳고 힘겹게 홀로 길러준 사람을 깨우려 했다. 그러나 그는 움직이지 않았다.

아버지의 친구들이 몰려와 민준을 돕기 시작했다. 누군가는 119에 신고했고 누군가는 경찰에 신고했으며 누군가는 다리가 풀려 기절하기도 했다.

민준은 쓰러진 아버지의 얼굴을 꼭 끌어안았다. 그 바람에 민준의 옷은 피투성이가 되었다. 그러나 민준은 그 피마저도 한 방울 한 방울 소중히 끌어안아 줬다.

민준의 눈에서 눈물이 분수처럼 뿜어져 나왔다. 그리곤 계속해서 동물처럼 울부짖었다.

민준은 주변을 둘러봤다. 그러나 아버지를 1분 전의 모습으로 돌려줄 사람은 아무도 없었다.

그런데 그때, 민준의 시야에 아버지를 날려버린 차가 눈에 보였다. 낯익은 차량이었다. 조금 전 자신이 추월한, 비틀거리던 그 최고급 대형 세단이었다.

물산 해물 수산 안에 있던 사람들은 이미 그 차량이 도망가지 못하도록 주변을 둘러싸고 있었다.

민준의 시야로 운전석에 앉은 사람이 보였다. 본인의 생명은 소중했는지 안전벨트를 맨 사람이었고 얼굴은 흐릿했지만 의식은 있는 듯 꿈틀거리긴 하고 있었다.

사람들은 계속 그 차량의 운전석을 두드리며 그에게 내리라고 소리쳤다. 하지만 그는 차량의 문을 열지 않았다. 그러면서도 주변의 눈치를 보며 무언가를 꺼내 먹었다. 무엇을 먹는 건지는 잘 보이지 않았다.

경찰들은 생각보다 일찍 도착했다. 그들은 우선 아버지의 상태를 살폈고 고개를 저었으며 이내 범인의 차량으로 다가가 범인을 불러냈다. 그러나 범인은 여전히 움직이지 않았다.

"계속 안 나오시면 현행법에 따라 선생님 차량을 파손시킬 수도 있습니다."

경찰은 덤덤하게 자신의 임무를 수행했다. 그렇게 몇 분간의 대치 끝에 경찰이 알루미늄 삼단봉을 꺼내 유리창을 내리치려던 순간, 차 안에 있던 사람은 그제야 문을 열고 나왔다.

"아이고…. 이거 죄송하게 됐습니다. 제가 순간 정신을 좀 잃었나 봅니다."

이 말을 마친 범인은 주변을 둘러봤다.

"선생님, 잠깐 이리로 오시죠. 음주 측정 한번 해보겠습니다."

범인은 경찰의 말을 무시하며 여전히 아버지를 안고 있는 민준을 바라봤다.

"아이고!"

그러더니 곧바로 걱정스러운 표정을 지으며 아버지에게 달려갔다.

"선생님! 괜찮으십니까!? 선생님!?"

자신이 죽인 사람을 향해 괜찮냐고 물어보는 이 사람. 그의 표정엔 가식이 가득했다.

"아이고! 선생님…. 119 불러주세요! 여기! 사람 좀 살려주세요!"

주변에 있는 모든 사람들은 마치 그를 형편없는 연기력으로 무대를 돌아다니는 연극 배우를 보는 듯 한심하고 경멸스러운 눈빛으로 바라봤다.

"아이고…."

범인은 그 후 자신의 휴대전화를 들었다.

"네! 거기 119죠? 제가 실수로 사람을 다치게 했는데 빨리 출동 좀 해주세요! 여기가 물산 해물 수산…."

범인이 내뱉는 말에 민준은 코끝으로 역겨운 냄새를 맡은 듯 얼굴을 찡그렸다.

"야, 이 개새끼야아!"

민준은 그의 일생 동안 삼켰던 모든 음식을 토해내듯 소리 질렀다. 그러나 그 순간에도 아버지를 안은 두 손은 놓지 않았다.

범인은 놀란 듯 민준을 바라봤다.

"네? 출동했다고요? 다행이네요."

그러고는 전화를 끊었다.

"경찰 아저씨! 이 새끼 술 처먹었어요. 빨리 측정해 주세요!"

민준은 울먹이며 말했다.

"술은 무슨? 저 술 안 마셨습니다. 제가 지금 얼마나 쌩쌩해요?"

"저, 아까 이 차 봤어요. 계속 비틀거리는 거 봤다고요!"

"아무리 제가 사고를 냈다지만 생사람 잡지 말아요! 운전 미숙이 죕니까!?"

"뭐라고 이 개새끼야!?"

범인은 오히려 적반하장이었다.

"선생님. 이리 오세요."

범인은 순순히 경찰에게 다가갔다.

"저 술 안 마셨습니다. 그리고 분명 피해자 구제도 했고요. 다들 보셨죠? 제가 119에 신고하는 거?"

"일단 그건 나중에 말씀하시고 음주 측정부터 하시죠."

"저 안 마셨다니까요? 참나."

"제가 냄새도 맡았다고요! 말할 때 술 냄새나는 거!"

경찰은 측정기를 가져와 범인의 입에 가져다 댔다.

"잠깐만요. 물, 물부터 좀 마시고요. 긴장되네. 긴장되면 잘못 나올 수도 있잖아요?"

"이거 거짓말탐지기 아닙니다. 얼른 부세요."

"물부터요!"

경찰은 차 안에서 생수 한 병을 꺼내 범인에게 건넸다.

"술 냄새났다니까요!"

민준이 계속 소리쳤지만 경찰이 할 수 있는 건 없었다. 주변에 있는 사람들도 민준의 편에 서서 저마다 자신이 목격한 것들에 대해 경찰에게 말했지만 역시나 경찰들은 그저 듣는 것밖엔 할 수 없었다.

그렇게 10분 정도 지난 시점. 범인은 당당하게 음주 측정기에 입을 댔다.

결과는 0.00%.

"거봐요. 나 안 마셨다니까?"

"아니야…. 아니야! 내가 봤어요! 내가 봤어! 블랙박스에 다 찍혀있어요!"

"에이, 내가 운전 미숙이라 그렇다니까."

민준은 범인의 태도에 눈이 뒤집혔다. 그래서인지 그렇게 사랑했던 아버지를 차가운 바닥에 놓아드린 뒤 범인에게 달려들어 멱살을 잡았다.

"이 개새끼야!"

민준이 할 수 있는 말은 이것뿐이었다.

"생사람 잡지 마요!"

범인은 저항했고 민준을 말렸다.

"내가 봤어…. 내가 봤다고!"

민준은 하염없이 눈물을 흘렸다.

민준이 범인의 발목을 붙잡고 있는 사이, 구급차가 도착했다.

"아이고 다행이네. 구급차 도착했네. 저는 할 일 다 끝났죠? 가도 되죠?"

"아니요. 일단 사망 사고가 발생했으니 조사는 받으셔야 합니다."

"사망이요?"

범인은 그제야 쓰러져있는 아버지를 스윽 바라봤다. 마치 자신과는 상관없는 출근길의 소란을 바라보는 듯한 눈빛이었다.

"네. 알겠습니다. 갈게요."

경찰은 온몸에 힘이 다 빠져 축 처져있는 민준에게도 속삭이듯 말했다.

"일단, 아버님 잘 보내드리시고 안정되시면 나중에 연락드리겠습니다. 견인차 불러드릴까요?"

민준은 고개를 저었다.

그렇게 잠시 후 아버지와 아버지의 몇몇 친구들을 실은 구급차와 경찰차 그리고 범인의 차는 동시에 떠났다.

민준은 허망한 듯 길가에 누워 하늘을 바라봤다. 그러나 그를 일으켜 세우는 사람은 아무도 없었다. 다들 안쓰러운 듯 민준을 바라봤고 눈물을 흘리는 사람들도 있었다.

민준은 그렇게 힘을 다 쏟아버린 듯 아버지가 올라간, 혹은 올라가고 있을지 모를 밤하늘 길을 계속 바라봤다.

민준의 눈빛이 비틀거리기 시작했다.

"저기…."

그때, 어느 젊은 여성이 민준에게 말을 걸었다. 그러나 민준은 반응하지 못했다.

"아까 술 먹은 아저씨 차에서 떨어진 것 같은데요…."

젊은 여성은 손바닥만 한 작은 책자 하나를 민준의 가슴 위에 올려놨다.

"도움이 되실까 해서요…."

그리곤 홀연히 사라졌다.

사람들이 하나둘 현장을 떠나가고 마침내 혼자가 됐을 때, 민준은 다시 일어나 책자를 바라봤다.

그리고 그 책자의 표지에는 이렇게 쓰여 있었다.

「정 나노테크놀. 당신의 일상을 더욱 안전하게.」

이 표지를 바라보는 민준의 비틀거리던 눈빛 깊숙한 곳에서 날카로운 무언가가 선명해지기 시작했다.

서서히. 아주 서서히.

10
연구소

민준이 정 나노테크놀의 카탈로그를 바라보던 시각. 정인은 잠결에 전화를 받았다. 정인환이었다. 그는 극도로 흥분한 상태로 뭔가를 말했다. 사실상 소리를 질러대는 것과 같았다. 아직 눈을 뜨기 위해 노력 중인 정인은 그의 말이 잘 이해가 안 된다는 듯 미간을 찌푸렸다.

"…고마워…!"

이상한 외침 속에 그나마 선명하게 드러나는 건 고맙단 말밖엔 없었다. 그러다 갑자기 전화는 뚝 끊겼다. 정인이 뭐라 답변할 시간은 없었다.

정인은 시계를 봤다. 5시가 조금 넘어있었다. 정인은 더 누워 잠을 청했다. 다시 눕는 정인의 표정은 평화로웠다. 이제 강신기업교육센터의 일도 새순결장막회에서의 일도 어느 정도는 적응이 된 것임이 얼굴에 드러나는 듯했다.

잠시 후, 정인은 좁은 원룸에서 일어나 샤워를 마친 뒤 하얀 옷을 입고 교회로 향했다. 아직 예배가 있는 오전 11시가 되기 전이지만 로비는 흰옷 입은 사람들로 북적였다. 정인은 로비에 있는 사람들의 움직임과는 상관없이 그대로 엘리베이터로 향했다.

　어느새 8층. 차가운 인공 빛은 꺼져있으나 널찍한 유리들을 뚫고 들어오는 자연의 빛이 대예배실을 더 하얗게 만들었다. 정인은 그의 주말 루틴대로 대기실을 청소했다. 그러다가 정인은 순간 멈칫하고 어딘가를 응시했다. 옐레나 쿠릴렌코 박사가 손도 대지 않은 알모사10이 있던 곳이었다. 결국, 그 알모사10은 현재 차강준에게 가 있었다.

　어느덧 시간은 11시가 되기 30분 전이됐다. 정인은 대기실 청소를 모두 마친 뒤 방송실에서 여러 장비를 점검했다.

　시간은 빠르게 11시가 되고 12시가 되었다. 그 짧은 시간에 최고 목장은 언제나 똑같은 구조에 비슷한 예시 그리고 비슷한 메시지를 전했다. 결국, 새순결장막회의 성도들은 언제나 순결해야 한다는 것. 정인은 그렇게 최고 목장을 지켜보다가 예배가 모두 끝난 뒤 멍하니 방송실 뒷정리를 시작했다.

　"정인 씨, 고생이 많아요."

　방송실 정리가 거의 다 되어 가는 시점에 갑자기 비서가 찾아와 말했다. 정인은 빠르게 휴대전화를 꺼냈다.

　"네. 안녕하세요."

"응. 다른 건 아니고, 지금 바빠? 시간 되면 나랑 잠깐 어디 좀 가자."

"네?"

비서의 말에 정인의 눈은 동그랗게 변했다. 완벽한 밸런스의 원이었다.

"어디를 말씀이세요?"

"가까워. 금방 끝날 거야. 시간은 되지?"

"네."

비서는 정인의 대답을 듣고 바로 뒷모습을 보였다. 당장 따라오라는 뜻 같았다. 정인은 방송실 문을 나서기 전 뭔가 빼놓고 정리를 못 한 건 없는지 다시 한번 확인했다.

비서는 계단을 한 층 내려가 대기실로 향했다. 그리곤 대기실의 문을 열며 정인의 위치를 확인한 뒤에 그곳으로 빨려가듯 쑥 들어갔다. 정인은 잠시 멈칫했으나 마음을 다잡고 비서를 따라갔다.

비서는 엘리베이터 안에 서 있었다. 엘리베이터의 화살표는 아래로 향해있었고 정인은 천천히 엘리베이터 안으로 들어갔다. 목적지는 4층이었다.

4층의 문이 열리자 완전히 달라진 공기가 정인의 콧속으로 훅 들어왔다. 말 그대로 완전히 달랐다. 훨씬 더 서늘했으며 건조했다. 마치 습하디습한 지하실에서 맑은 가을 하늘의 들판으로 올라온 것 같았다.

"공기부터 다르죠?"

비서가 정인에게 말했다. 정인은 아무런 대답을 할 수 없었다. 그저 4층의 광경을 넋 놓고 바라볼 뿐이었다. 그곳은 마치 어느 공장의 입구 같기도 했으며 어느 연구소의 입구 같기도 했다.

"여기는 어디인가요?"

"새순결장막회 중앙과학연구소. 세상을 순결하게 만드는 모든 제품은 여기에서 탄생해요. 원래는 시골에 있었는데 젤푸스 덕분에 우리 장막이 이 건물에 들어오면서 연구소도 같이 들어 왔어요. 그리고 젤푸스를 이을 두 번째 제품이 될 가능성이 높은 게 알모사10이죠. 아참, 정인 씨는 젤푸스 아나?"

"네. 대략적으로는."

젤푸스는 똥을 싸지 않게 하는 제품이었다. 새순결장막회에 등록한 지 6개월이 넘은 모든 신도는 이것을 먹었다. 순결해야 하니까. 이것이 대기실 화장실에 변기는 없고 그 자리에 쓰레기 배출구가 존재하는 이유였다. 더불어 이 건물에도 화장실은 없었다.

"정인 씨도 이제 곧 젤푸스 써야 할 거야."

젤푸스는 생각보다 많은 숫자의 외부인들 그러니까 새순결장막회의 성도가 아닌 사람들도 이용했다. 젤푸스가 가져다주는 편리함이 생각보다 유용한 모양이었다. 덕분에 새순결장막회는 성도가 많이 늘어나기도 했으며 물질적으로도 커다란 성공을 거둘 수 있었다.

"그런데 방금 가능성이라고 말씀하셨는데 그러면 다른 제품 후보들이 더 있다는 말씀이세요?"

"맞아요. 하지만 아직 그것들에 대해선 공개할 수 없어. 그 점은 이해해 줘요. 자, 따라와요. 알모사10 연구실 보여줄게."

비서는 미로처럼 되어있는 4층의 통로가 익숙한 듯 거침없이 걸었다. 이곳은 8층의 대기실과는 다르게 창문이 없었다. 모두 두꺼운 석고보드와 굳게 닫힌 문들뿐이었다. 길과 함께 어지럽게 얽혀 있는 문들엔 알 수 없는 이름의 표기가 쓰여 있었다.

각각의 이름은 개성이 넘쳤다. 화학식으로 되어있는 곳도 있었고 숫자로만 이루어져 있는 곳도 있었으며 심지어 특수문자로만 표기된 연구실도 있었다.

비서는 어느덧 '알코올류 정화 치료 연구실'앞에 섰다.

"여기가 알모사10 연구실이야. 여기서 알모사10이 만들어져."

비서는 연구실의 비밀번호를 누르고 문을 열었다. 문을 여니 연구실을 떠다니던 알코올 분자들이 정인의 콧속에 몰려들었다. 대기실과는 또 다른 냄새에 놀란 정인은 본능적으로 표정을 찡그렸다.

"알코올 냄새가 좀 나지? 금방 적응될 거야."

"어!? 안녕하세요?"

20대의 젊은 남성이 갑자기 어디선가 튀어나와 그들을 맞이했다. 그 역시 흰 옷을 입고 있었다.

"뭐야? 철수 씨 있었어?"

"네. 그리고…."

"안녕하세요."

갑자기 또 어디선가 30대 여성이 불쑥 튀어나왔다. 20대 남성이 튀어나온 곳과는 다른 곳이었다. 그녀 역시 흰 옷을 입고 있었다.

"영희 씨도 있었네? 그럼 박사님도 계시는 거야?"

"네. 저기 계세요."

말이 끝나기 무섭게 50대 남성이 실험실 안에 있는 또 다른 문을 열고 나왔다.

"어이구. 여기까지 웬일이세요?"

"안녕하세요. 오랜만에 뵙네요. 우리 알모사10 영업사원 소개하려고 왔어요."

"유정인 입니다."

"아! 그분이시구나. 말씀 많이 들었어요. 최근에 갑자기 샘플 요청이 많아져서 되게 신기했거든. 어디에서 그렇게 찾는 건가? 아직 미완…."

"박사님."

비서는 다급하게 박사의 말을 막았다. 박사는 비서가 자기 말을 끊은 게 불편한 듯했다. 그러나 이내 웃어 보이며 말했다.

"영희, 철수. 우리 커피 한잔하러 가자. 아침부터 고생 많았는데."

박사는 20대 남성과 30대 여성을 데리고 연구실을 나갔다. 그들이 문을 닫고 나간 뒤에도 비서는 한참동안 문을 응시하며 서 있었다. 그리고 이내 정인의 얼굴을 다시 바라보며 씨익 웃었다.

"정인 씨."

비서는 정인의 이름을 말하며 침을 삼켰다. 뭔가 숨겨진 이야기를 하려는 것처럼 보였다.

"우리 최고 목장님께서는 알모사10 전담 영업 팀을 만들 계획이에요. 젤푸스처럼 철저하게 교육받은 전담 영업 전도사들이 알모사10을 세상에 알리는 거죠."

"영업 전도사요?"

"아, 정인 씨는 들어온 지 얼마 안 돼서 모르나? 젤푸스는 영업 전도사가 따로 존재해요. 젤푸스 영업만 하는 전도사들이죠. 아주 훌륭해요. 세계 곳곳에서 우리 새순결장막회를 알리고 있죠."

정인은 비서의 말을 경청했다.

"결론적으로 알모사10 전담 영업 팀의 결성 여부는 정인 씨의 영업 능력에 달려있어요."

"그렇지만 저는 영업을 전문적으로 해온 사람도 아니고 능력이 좋은 것도 아니라서…."

"괜찮아요. 시간이 걸려도 상관없어요. 다만 우리가 부탁하고자 하는 것은 정인 씨가 알모사10 계약에 성공할 때마다 노하우를 적어서 보고해 줬으면 하는 거예요. '어떤 상황에 있는 사람에게 어떤 방식으로 설득했더니 계약에 성공했다'와 같은 식으로요. 자세한 양식은 우리가 제공할게요. 추가 샘플 요청도 여기로 직접 하면 돼."

"그러려면 알모사10에 대해서 잘 알아야 할 텐데 저는…."

비서는 손을 올려 정인의 수어를 막았다. 휴대전화에서도 말소리는 뚝 하고 끊겼다.

"정인 씨는 우리가 찾고 있던 인재야. 만약 우리가 원하는 목적이 달성되고 알모사10이 젤푸스와 같은 궤도에 오른다면 정인 씨는 영업 전도사 자격은 물론이고 집과 차도 얻을 수 있어. 물론 그에 합당한 적절한 보수도. 나는 정인 씨가 잘 해낼 거라 믿어."

비서는 마치 영업팀의 팀장처럼 말하는 것 같았다.

그런데 이때 정인의 뇌리에 뭔가 스치는 듯했다. 정인의 눈빛에서 그것이 드러났다.

"그런데 뭐 하나 여쭤봐도 될까요."

"뭐든."

"저한테 이런 특별한 대우를 해주시는 이유가 뭔지 궁금해요."

비서는 입술을 깨물었다. 그러고는 잠시 머뭇거리다가 말을 시작했다.

"정인 씨 동생 정윤 씨, 우리 성도였잖아. 성도는 우리 가족이야. 새순결장막회는 절대 가족의 아픔을 보고만 있지 않아요. 그래서 우리가 정인 씨도 받아준 거고. 우리 원래 아무나 안 받는 거 알지?"

정인은 잠시 시선을 떨궜다. 무언가를 회상하는 듯했다. 그러나 다시 덤덤한 척 두 손을 들어 말하기 시작했다.

"감사합니다."

"그리고 무엇보다 이 일 자체가 정인 씨한테 특별할 것 같았어."

정인은 숨을 빠르고 길게 들이마신 뒤 천천히 내뱉었다.

"네. 소중한 기회예요."

"그래."

"그런데요…."

말을 던져놓은 정인은 뭔가 결심한 듯 비서의 눈을 바라보며 질문했다.

"비서님께서 맡겨주신 일을 제가 잘하려면 알모사10 연구에 제가 참여하면 좋을 것 같아요. 그동안 나온 데이터들이나 제조 레시피 혹은 실험 결과들을 보면서요…."

비서는 다시 한번 손을 올려 정인의 말을 막았다. 비서의 표정이 잠시 싸늘하게 변했다가 평소처럼 돌아왔다.

"정인 씨, 사실 내가 정인 씨한테 여기 보여준 것도 아주 큰 결심한 거예요. 아까 봤던 그 친구들, 되게 어릴 때부터 우리 장막 신도들이었어. 그래서 연구실에 들어올 수 있었고. 그런데 정인 씨는 아직…."

비서는 잠시 말을 멈췄다. 그러고는 정인의 눈을 응시하며 말했다.

"정인 씨는 아직 우리 성도 된 지 몇 달 안 됐잖아. 그렇지?"

"네. 어떤 말씀이신지 이해했습니다."

"나중에 정인 씨가 우리 최고 목장님 말씀처럼 알모사10 전담 영업 전도사 되고 하면 그때는 내가 힘써서 연구자료도 제조 레시피도 다 보여줄게. 그때까지는 일단 아까 내가 말한 대로 계약 성공 노하우만 적어서 보내줘요. 그래 줄 수 있지?"

비서의 말은 대체적으로 따듯했다.

"네. 알겠습니다."

비서는 정인을 지그시 바라봤다.

"정인 씨는 그런 아픔을 겪긴 했어도 최근에 내가 본 사람 중에 가장 은혜로운 사람이야. 그거 알지? 그러니까 앞으로도 잘될 거야."

"감사합니다."

이들의 대화는 이렇게 끝났다. 그 후 정인은 다시 좁은 원룸으로 돌아와 이른 저녁을 먹고 누워 스르르 잠이 들었다.

그렇게 정인의 감은 눈꺼풀이 빠르게 움직이기 시작할 때쯤 갑자기 휴대전화가 진동했다. 알모사10 계약 문의 전화였다. 정인환 대표로부터 소개받았다는 사람이 정인을 보고 싶어 했다. 그들은 그렇게 약속을 잡고 전화를 끊었다.

그리고 잠시 후, 또 다른 문의 전화가 왔다. 이번에도 정인환

대표로부터 소개받은 사람이었다. 정인은 그 후로도 세 번의 문의 전화와 미팅 약속을 잡고 은혜로운 표정을 지은 채 잠이 들었다. 그때의 시간은 저녁 11시였다.

11
유정인

6월 26일. 저녁 11시. 박사과정을 밟고 있던 정인은 계속되는 바쁜 일상과 실험 스케줄을 견뎌내고 잠깐의 휴식을 취하러 자취방으로 돌아가고 있었다. 그러다 학교 정문을 지나갈 때쯤 전화가 걸려 왔다. 휴대전화를 꺼낸 정인은 동생 정윤의 이름을 확인한 뒤 통화 버튼을 눌렀다. 정윤의 얼굴이 휴대전화 화면에 보였다. 매우 화가 난 얼굴이었다.

"왜 이렇게 전화를 안 받아!"

주변에는 밤공기 특유의 적막함만 있었을 뿐이지만 화가 난 정윤의 얼굴은 뜨거웠다.

"왜? 무슨 일인데? 문자라도 하지."

소리 없는 그들의 대화는 얼굴 표정과 손짓으로만 이뤄졌다.

"문자 했어. 그것도 수십 번이나."

정인은 휴대전화에 올라와 있는 동생의 얼굴을 잠시 미뤄두고 문자함을 확인했다. 거기엔 확인하지 않은 문자들로 가득 차 있었다.

"미안. 못 봤네. 바빴어. 잘 지내고 있지?"

정윤은 어이없었다는 듯 웃어 보였다.

"웃기네. 그런 건 전화를 건 사람이 먼저 해야 하는 말 아닌가?"

"안부에 순서가 어딨어. 사실 먼저 연락하려고 했어. 말하고 싶은 게 있었거든."

"뭔데? 들어나 보자."

정인은 잠시 시선을 떨궜다. 뭔가 말하고 싶었지만 입이 떨어지지 않는 것 같았다.

"너 나간다는 그 교회. 내가 좀 알아보니까…."

"우리 교회가 뭐?"

정윤의 눈이 매우 커졌다. 마치 휴대전화를 뚫고 튀어나올 것만 같았다. 정인은 정윤의 눈빛을 예상하지 못했다는 듯 말을 이어 나가지 못했고 걸음마저 멈춰 섰다.

"유일하게 나 받아준 곳이야. 심지어 취업까지 시켜줬다고. 알아?"

"알지. 그래도…."

"그분들은 내가 힘들 때 위로라는 것도 해줘. 내 주변에서 유일하게. 말뿐이 아니라 진짜로 위로란 걸 해준다고. 알아? 그러니까 함부로 말하지 마."

정인은 아무 말도 하지 않았다. 그저 깊은 한숨만 쉴 뿐이었다.

"어울리지도 않는 이상한 얘기 하지 말고 형은 그냥 내 말만 들어. 엄마 얘기야."

"엄마가 왜?"

정인의 가라앉았던 눈빛은 정윤의 말을 듣고 다시 동그랗게 떠올랐다.

"치료 안 받으시겠대. 너무 힘들고 괴로워서."

"뭐? 또 돈 때문에 그러는 거 아니셔? 돈 걱정은 하지 말라고 했잖아."

"너무 힘드시대. 별로 나아지는 것도 없고. 그냥 재밌게 살다가 가고 싶으시대. 의사는 치료 안 받으면 두 달 넘기기 힘들다고 하고."

휴대전화를 들고 있던 정인의 팔이 힘없이 허공을 휘저었다. 짧은 시간이 지나고 팔의 주도권을 되찾은 정인은 잠시 하늘을 바라봤다. 그날따라 검푸른색 하늘에 박혀있는 별들이 선명하게 반짝였다.

정인은 다시 마음을 다잡고 팔을 올려 정윤의 얼굴을 바라봤다. 정윤도 그것을 기다렸다는 듯 말을 이어갔다.

"여행 가고 싶으시대. 제주도."

"제주도? 언제?"

"형 시간 될 때."

정인의 표정은 다시 한번 무너졌다. 향후 석 달 안에는 시간을 내기가 매우 힘들었기 때문이었다. 논문 투고 일정부터 시작해서 교수가 시킨 일들이 너무 많았다. 정인에겐 시간이 없었다.

"나는… 시간이 애매해."

정인은 차마 시간이 안 된다고는 말하지 못했다. 그러나 동생은 이미 알고 있었다.

"서울에서 서울도 못 와?"

"그게 아니라…."

"됐어. 그럴 줄 알았어. 나도 엄마 마음만 전한 거야. 어차피 내가 엄마랑 아버지 설득해서 직접 모시고 다녀오려고 했어."

"고마워."

정인은 정윤의 얼굴을 바라보지 못했다.

"엄마 장례식 때는 올 거지?"

정인은 억울하다는 듯 다시 정윤의 얼굴을 바라봤다. 정윤의 표정은 서늘했다. 정인이 뒤늦게 뭔가를 말하려 손짓했을 때는 이미 정윤의 서늘한 표정은 검은색 화면이 된 뒤였다. 또다시 정인의 팔은 힘없이 내려앉았다.

그렇게 시간은 흘러갔다. 정인은 여전히 바빴다. 그래도 변화가 생겼다면 엄마와 가끔 하던 전화가 이젠 2~3일에 한 번으로 주기가 짧아졌다는 것이었다. 그마저도 알람을 맞춰놨기 때문에 가능했다. 엄마는 결코 정인에게 먼저 전화하는 법이 없었다.

7월 24일. 다시 한번 저녁에 전화가 울렸다. 동생의 전화였다. 동생이 엄마와 아버지를 모시고 4박 5일 제주도 여행을 떠난 지

3일째 되던 날이었다. 실험 중이던 정인은 순간 고민했지만 일단 받았다. 보라색 라텍스 장갑과 안전 고글을 낀 채였다. 그러나 보여야 할 동생의 얼굴은 보이지 않았다. 검은색 화면이 그 자리를 대신하고 있었고 미세한 진동과 함께 낯선 소리가 들려왔다. 언제나 빛으로 하던 대화가 한순간에 소리로 바뀌었다.

"혹시 가족분 맞나요? 형이라고 저장돼 있던데."

그렇게 정인은 어느새 장례식장에 와 있었다. 멍하니 서 있는 정인의 얼굴엔 허무함만이 들어서 있었다.

정면충돌이었다. 정인 가족의 차를 반대편에서 달려오던 차가 중앙선을 침범해 들이받았다. 그들 역시 제주도를 여행하던 네 명의 사람들이었으며 양쪽 자동차에 타고 있던 사람들은 모두 현장에서 사망했다.

중앙선을 넘은 차량에선 술 냄새가 진동하고 있었다고 했다. 유리창은 다 깨지고 차량의 부피는 반으로 줄어서 알코올 분자들이 모두 날아가기 바쁜 와중에도 죽은 네 명의 시체 안에서는 아직도 덜 빠져나간 알코올 분자들이 꽤 많던 모양이었다.

"괜찮으세요?"

정인은 이 모든 사항을 장례식에 찾아온 한결에게 들었다. 정인은 고개를 끄덕였다.

"제주도에 있는 이형석 형사가 이런 내용들 전달해 드리려고 했는데 전화를 안 받으신다고 해서 제가 대신 왔습니다."

정인의 표정은 여전히 멍했다.

"그 친구가 사실 제 동긴데 꼭 좀 전해달라고 신신당부를 하더라고요."

정인은 고개를 숙여 작게나마 감사를 표했다.

"바쁘실 텐데 혹시 더 궁금한 사항이나 도울 일 있으시면 이 번호로 전화 주세요."

실제로 정인은 바빴다. 엄마와 아버지는 친척들이 없어서 홀로 문상객들을 맞았기 때문이다. 장례 업체에서 파견 나온 직원들이 있었으나 그들도 그들 나름대로 최선을 다해 바빴다.

그러나 가족들에게 친구들은 많았다. 특히 엄마의 친구들이 그랬다.

문상객 중에선 혼자 멀뚱히 서 있는 정인을 혼낸 이들도 있었다. 왜 너는 그 자리에 없었냐고. 왜 너의 표정은 평화롭냐고. 아프던 엄마가 이제 떠나서 기분이 좋으냐고. 매일매일 고생하며 엄마 보살핀 동생에게 미안하지도 않냐고. 이렇게 말하는 이들은 생각보다 적지 않았다. 그러나 이런 말을 들을 때조차도 정인은 장승처럼 가만히 서 있기만 했다.

장례 마지막 날 늦은 저녁. 문상객이 거의 없는 시간에 동생의 지인이라며 영업소장이 찾아왔다. 그때 그는 검은색 옷을 입고 있었다. 문상을 마친 소장은 정인과 잠시 대화하고 싶다며 정인을 불러냈고 정인은 그의 요청에 응했다.

"저는 동생분이 다니던 회사의 상사이자 같은 교회의 성도입니다."

정인은 말이 없었다. 사실 말할 힘이 없었던 것 같았다.

"많이 힘드시죠. 다른 말은 여기에서 굳이 하지 않겠습니다. 혹시라도 동생분이 어떻게 살아왔는지 알고 싶으시면 여기로 언제든 찾아오세요."

영업소장은 작은 명함 하나를 정인에게 건넸다. 하얀색 명함이었다. 그 후 소장은 밥도 먹지 않고 그 자리를 떠났다. 정인과 소장은 그렇게 처음 만났다.

다음 날 아침. 화장터로 떠나기 전. 놀라운 손님들이 찾아왔다. 가해자들의 가족이었다. 차 안에 타고 있던 네 명의 가해자들 가족이 모두 모였다. 열 명 남짓한 그들도 정인처럼 검은 옷을 입고 있었다. 다른 것이 있었다면 정인은 그들을 응시했지만 그들은 땅만을 바라봤다는 점이었다.

그들은 정인에게 용서를 구했다. 그것이 진심인지 다른 목적이 있어서인지는 알 수 없었다. 그러나 정인은 아무 말도 아무 표정도 없이 그들을 바라보기만 했다.

어떤 말을 해도 정인의 답변을 들을 수 없자 그들은 마지막 인사를 하며 하나둘씩 자리를 떠났다. 그렇게 정인은 다시 혼자가 됐다.

그러나 한 가지 확실한 것은 이제 정인의 분노는 이미 죽어버린 가해자들에게도 여전히 살아있는 그들의 가족에게도 향할 수 없다는 점이었다. 정인도 그것을 느껴서인지 아니면 극도의 피곤함 때문인지 화장터로 가는 발걸음이 매우 느렸다.

어느덧 모든 장례 절차를 마친 정인은 몇 년 만에 본가로 향했다. 같은 서울 땅이었지만 오랜만에 온 집 안에서는 아직도 익숙한 냄새가 진동했다.

정인은 침대부터 찾고 그 위에 누웠다. 동생이 사용하던 침대였다. 그리고 그렇게 옷을 갈아입을 생각도 하지 않은 채 잠들었다.

잠에서 일어났을 때는 오후 8시였다. 정인은 더 자고 싶었으나 '꼬르륵'소리에 그럴 수 없었고 몇십 분 동안 눈만 껌벅이다 방 안의 불을 켰다. 그러자 동생의 책상 위에 있는 뭔가가 보였다. 알모사10 샘플들이었다.

정인은 무의식적으로 알모사10의 성분 분석표를 살폈다. 오랜 대학원 생활이 만든 습관이었다. 그런데 정인의 표정은 어두워졌다.

"이 성분은…. 계속 먹으면 위험할 텐데."

정인은 성분 분석표만으로는 부족했는지 뭔가 다른 것들을 찾으려 책상을 헤집었다. 그리고 그때, 차강준이라는 이름이 쓰인 계약서와 함께 '엄마 약 - 대장암 치료 보조제'라는 손 글씨가 적혀있는 종이 봉투를 찾았다.

무언가를 더 찾아보려던 정인의 배에서 꾸르륵 소리가 심해졌다. 그렇게 정인은 손에든 모든 걸 내려놓고 밖으로 향했다.

집 근처의 식당들은 모두 문을 닫았다. 편의점들은 열려있었으나 그곳의 음식은 먹고 싶지 않은 듯 보였다. 정인은 먼 곳으로 향했다. 그렇게 한 시간 정도 걷고 그가 들어간 곳은 24시간 햄버거 체인점이었다.

음식을 먹은 후 밖으로 나온 정인은 다시 걷기 시작했다. 이번 엔 집 방향이었다. 왔던 길 그대로였지만 그 사이 다른 점이 하나 생겼다. 경찰의 음주 단속이었다.

이 모습을 본 정인은 심장에 손을 가져다 댔다. 호흡도 거칠어 졌다. 경찰이 그리 무서웠을까. 아니면 다른 이유가 있었을까. 정 인은 그곳을 빠르게 빠져나가려 했다. 그러나 그러기 위해선 필 연적으로 그곳과 가까워질 수밖에 없었다. 돌아서 가는 길은 없 었다.

정인이 지나려는 인도 옆에는 경찰차가 파란빛과 붉은빛을 번 갈아 뿜으며 서 있었다. 정인이 그곳과 점점 가까워지려는 순간 경찰차 옆에 있는 누군가가 보였다. 중년 남성이었다. 그는 경찰 처럼 보이지 않았다. 오히려 경찰들과 실랑이를 벌이고 있었다. 정인은 그렇게 그들과 가까워져 그들의 대화를 우연히 듣고 말 았다. 첫 번째로 들은 것은 중년 남성의 목소리였다.

"아니 씨발, 내가 사람을 죽인 것도 아니고 뭐가 문젠데?"

중년 남성의 혀는 많이 꼬여있었고 톤은 높았으며 말을 쏟아 내는 속도는 느렸다.

"선생님 제가 기억해요. 몇 달 전에도 걸리셔서 면허 취소되셨 잖아요."

"네가 뭔데 내 면허를 취소하냐고!"

"일단 부세요. 일단 불고 파출소 가서 말씀 나누시죠."

"야 이 새끼야. 대한민국에 자유가 있는 거 몰라? 자유 국가에서 자유롭게 사는 걸 왜 못 하게 해!? 너 지금 내 자유 침해한 거야!"

정인이 들은 것은 여기까지였다. 그 뒤엔 그가 어떻게 되었는지 알 길은 없었다. 그런데 이 말을 들어서인지 정인의 호흡이 더 거칠어졌다. 정인은 달리기 시작했다. 그냥 무작정 달렸다. 보폭은 최대한 넓게, 양팔을 휘젓는 각도도 최대로 해서 달리기 시작했다.

아마도 정인의 머릿속에 가족들의 사고 소식을 들었던 순간부터 화장터로 가기까지 겪었던 모든 일들이 스쳐 지나간 것 같다. 그러지 않고서는 한 사람의 표정과 몸짓에서 이런 분노와 공포 그리고 슬픔이 한 번에 표현될 수 없었다. 그 어떤 무용수도 배우도 절대로 표현할 수 없는 혼란 그 자체였다.

정인은 달리기 시작한 지 얼마 되지 않은 시점에서 커다란 소리를 내기 시작했다. 사람이 내는 소리라기보다는 짐승이 내는 포효에 가까웠다. 첫 소리를 내자마자 목이 쉬었다는 것을 정인도 직감했을 것이다. 그러나 정인은 멈추지 않았다. 더 빠르게 달렸고 더 크게 소리 질렀다.

이때 정인의 시선은 매우 비틀거렸다. 앞을 보는 건지 옆을 보는 건지 위를 보는 건지 아래를 보는 건지 마치 어디로 가야 할지 모르는 길 잃은 양처럼 심하게 비틀거렸다.

그러다가 결국 돌부리에 걸려 넘어졌다. 달리던 관성 때문에 정인은 꽤 멀리까지 날아갔다. 차가운 콘크리트 바닥에 정인의 왼쪽 뺨이 갈리듯 닿아 따듯한 피가 흘렀다. 그러나 차가운 콘크리트는 결코 따듯해지지 않았다. 정인은 한동안 그렇게 있었다.

정인은 마치 뭔가를 보는 것 같았다. 정인의 시야에는 자동차도 거의 없는 대로밖에 없었지만 어쩌면 정인은 그 길 위에서 사고 당일, 중앙선을 넘어 돌진해 오는 차를 바라보며 죽음의 공포를 느꼈을 엄마와 아버지와 동생을 바라봤을지 모른다.

정인의 눈에서 몇 년 만에 처음으로 눈물이 흘러내렸다. 마치 벌어진 피부 사이로 흐르는 피를 참아낼 수 없듯 눈에서 흐르는 눈물도 참을 수 없었던 것 같았다. 그제야 비로소 콘크리트는 잠시나마 따듯해졌다.

정인은 그렇게 그 밤을 지새웠다. 그리고 시간이 지나 정인이 마침내 그 거리에서 일어났을 땐 정인의 왼쪽 뺨의 피는 멈춰있었고 눈물은 흔적만 남아있었다. 그러나 눈빛은 여전히 비틀거렸다.

정인은 천천히 한 발을 내디뎠다. 그리고 그때, 정인은 무언가를 밟았다. 영업소장이 주고 간 하얀색 명함이었다.

명함을 바라보는 정인의 눈빛은 여전히 비틀거렸다. 그러나 그의 불안정한 시선은 오히려 그의 눈빛 안에서 생겨나고 있는 얇은 선 하나를 선명하게 비췄다.

그 얇은 선은 너무나 얇아 스치기만 해도 베일 것처럼 보이기도 했고 너무나 곧아 어디로 가야 할지를 가리키는 나침반처럼 보이기도 했다.

그러나 확실한 것은 그 얇은 선은 마치 칼날처럼 빛나고 있다는 것이었으며 무엇보다 점점 또렷해지고 있다는 사실이었다.

정인은 손을 뻗어 그 칼날을 잡았다.

그리고 그 손길은 거침이 없었다.

12
성지전자

새해맞이 불꽃놀이가 한창인 서울의 어느 밤. 민준은 긴 후드 모자를 뒤집어쓴 채 으슥한 골목을 걸었다. 그리고 어딘가에 도착해 휴대전화의 사진과 주변 환경을 비교했다. 잠시 후 민준의 시선은 한곳에 고정되었고 그곳으로 천천히 걸어가 돌 틈 사이에 끼어있던 검은색 봉투 하나를 꺼냈다. 그러고는 그 봉투를 자신의 옷 주머니에 넣고 왔던 길 그대로 되돌아갔다.

다음 날. 민준은 아버지가 돌아가시기 전처럼 회사에 출근했다. 몇 가지 변한 게 있다면 민준의 머리 스타일과 그간 쓰지 않았던 안경을 쓰고 다닌다는 거였다. 마치 연인과 헤어지고 새출발을 다짐하는 사람 같았다. 동료들은 그런 민준을 위로했고 민준은 그들에게 괜찮다는 표현을 하며 이상할 것 없는 회사생활을 이어갔다.

"네. 안녕하세요. 상지전자 김민준이라고 합니다."

민준은 어느 조용한 회의실에서 작은 소리로 전화를 걸었다.

"상지전자요?"

전화기 속 여성의 목소리는 매우 들떠 있었다.

"네. 다름이 아니라, 저희가 이번에 신제품 개발 기획 중인데 거기에 들어갈 샘플 좀 얻어볼 수 있을까 해서요. 한 500g 정도?"

"저희 회사 제품이 신제품에 들어가는 건가요?"

"아직 검토 단계인데 여러 회사 제품들 받아보고 거기서 선택할 예정입니다. 500g 가능할까요?"

"가능…! 아, 음…. 저희도 프로세스가 있어서요. 윗선에 보고드린 뒤에 다시 연락드려도 될까요?"

여자는 덤덤한 척했다. 그러나 이미 목소리에서 떨림과 설렘을 억누르려는 표정이 보였다.

"네. 그런데 오늘 중으로 실험 계획 만들어야 해서 오후 4시 안에 답변 가능할까요?"

"당연하죠!"

여자의 목소리는 다급했다.

"아니, 그러니까…. 오늘이 며칠이죠?"

"1월 6일입니다."

"아, 네! 그러면 최대한 빠르게 보고드리고 다시 연락드리겠습니다. 이 번호로 연락드리면 될까요?"

"네."

"그럼 다시 연락드리겠습니다!"

"네. 감사합니다!"

민준은 휴대전화의 빨간 버튼을 누르기 위해 엄지를 움직였다.

"야! 상지전자한테 연락 왔어! 대표님 어딨어…!"

그런데 민준의 엄지와 빨간 버튼이 맞닿기 전 여자의 멀어지는 목소리가 잠시 들렸다 사라졌다.

몇 시간 뒤. 민준에게 전화가 걸려 왔다.

"네. 김민준입니다."

"아, 네. 위에 보고 했는데 긍정적으로 검토하신다고 하셔서…."

"죄송합니다."

순간 아주 짧은 정적이 흘렀다.

"네?"

"저도 윗선에 보고하니까 귀사 스펙이 저희 쪽과 잘 맞지 않는다고 하셔서요…. 애써주셨을 텐데 죄송합니다."

여자는 들리지 않는 한숨을 내쉬었다.

"알겠습니다."

"그런데요."

민준이 전화를 끊으려던 여자의 손을 붙잡았다.

"네?"

"사장님이 직접 한번 오셔서 발표를 해주시면 추후에 다른 신

제품 기획 들어갈 때 귀사 스펙을 다시 검토할 수도 있고 할 텐데…. 혹시 관심 있으시면 이 번호로 연락 주세요."

"아! 네."

여자의 목소리는 다시 밝아졌다.

"대신 사장님이 직접요."

"사장님이요?"

"네. 정인환 사장님 본인께서 직접."

"아이고, 안녕하십니까."

민준이 전화를 끊으려는데 남자의 목소리가 들려왔다.

"정 나노테크놀 사장 정인환입니다."

아마도 정인환은 여자와 함께 이 통화를 듣고 있었던 듯했다.

"네. 안녕하세요."

민준의 목소리가 차가워졌다. 동시에 얼굴은 벌게졌고 휴대전화를 들고 있는 손은 떨리기 시작했다.

"날짜 잡아주시면 제가 직접 가서 저희 제품 소개해 드리겠습니다."

"내일… 한번 오실래요?"

"내일이요?"

"네. 경기도 장주에 계시죠? 주소지가 거기던데. 혹시 서울까지 오시기 힘드신가요?"

"아니요! 가능합니다! 경기도에서 서울 가는 게 뭐가 힘들겠어요."

"그럼 내일 12시 반에 오시면 됩니다."

"12시 반이요? 식사 안 하세요?"

"그건 제가 알아서 할게요."

민준은 하마터면 이성을 잃을 뻔했다.

"아…. 네."

"제가 주소 문자로 보내드릴 테니까 그때 뵙겠습니다."

"네. 알겠습니다."

두 사람의 대화는 끝났다. 그리고 민준은 멍하니 회의실 구석을 응시했다.

다음 날 12시 반.

"여기인가요?"

"네. 무슨 문제라도…?"

민준은 정인환과 여자 직원을 회사 외부에 있는 게스트 전용 회의실로 안내했다. 그곳은 작았고 열악했다.

"내부로 들어가서 발표 진행할 거라 생각을 해서…."

"죄송하지만 성지전자는 협력업체 직원들 내부로 들이지 않아요."

"아, 네…. 그런데 다른 분들은…?"

"저 혼자입니다. 제가 잘 듣고 발표 자료 넘겨주시면 윗분들께 전달하겠습니다."

정인환과 여자 직원은 매우 실망한 눈치였다.

그래도 그들은 준비해 온 발표를 진행했다. 20분 정도 진행된 발표에서 민준은 단 한 번도 화면을 보지 않았다. 그저 정인환의 눈만 응시할 뿐이었다. 정인환은 그게 부담스러웠는지 화면만 바라보며 발표를 진행했다.

"이상입니다. 감사합니다."

정인환은 그제야 민준의 눈을 바라봤다. 그리고 정인환은 환하게 웃고 있었다.

"되게 좋아 보이시네요?"

민준이 비꼬듯 말했다.

"네? 아, 기분 좋습니다. 상지전자까지 와서…."

민준은 정인환을 잠시 노려봤다.

"네. 잘 들었습니다. 그럼 잘 돌아가시고 윗분들 검토하신 내용이 긍정적이면 제가 다시 연락드리겠습니다. 감사합니다."

민준은 그렇게 회의실을 나와서 다시 회사로 들어갔다. 정인환과 여자 직원도 들어가는 민준을 노려보며 나름의 분노를 표시했다.

민준은 그길로 사내 식당에 가서 밥을 펐다. 이날은 특식이 있는 날이어서 기름진 음식들이 있었고 민준도 식판이 찌그러질 만큼 음식을 퍼담았다. 그러나 민준은 한 숟가락도 뜨지 못했다. 그저 떨리는 손만 바라볼 뿐이었다.

그렇게 몇 분의 시간이 흐르고 민준은 마침내 입을 벌렸다.

"못 알아보네. 개새끼가…."

13
운수 좋은 날

1월 13일. 월요일 아침. 정인은 오후 2시 섭외지에 가기 전에 영업소장을 만나러 왔다. 영업소장이 먼저 만나자는 제안을 한 상태였다.

"왔어?"

영업소장은 정인을 맞았다. 그 후 사무실 안에 있는 작은 방으로 들어가 문을 닫았다. 이 방은 영업소장만을 위한 방이었다.

"한 달쯤 전에 비서님 만났다면서."

정인은 살짝 놀란 눈치였다. 비서가 영업소장에겐 말하지 않은 줄은 몰랐던 모양이었다. 정인은 휴대전화를 꺼냈다.

"네. 갑자기 부르셔서요."

"뭐라셨는데?"

"알모사10 영업 전담팀을 만들 계획이래요. 젤푸스 영업 전담팀처럼."

"젤푸스처럼?"

"네."

소장의 미간 주름이 살짝 깊어졌다.

"그래서 알겠다고 했어?"

"그냥 감사하단 말만 했어요."

"그래. 잘했어."

소장은 이렇게 대화를 마무리 지었다. 그의 표정으로 미루어 짐작건대 꽤 혼란스러워하는 것 같았다. 이유는 알 수 없었다.

"그런데 어때? 동생의 인생을 살아보니."

소장은 또 다른 주제로 대화를 시작하려 했다. 예상보다 빠르게 정인으로부터 필요한 정보를 모두 획득해서일 수도 있고 정말로 이 주제로 대화를 하고 싶어서일 수도 있었다. 어쨌든 정인은 이 방 안에 있었다.

"어렵네요. 상상도 못 했어요."

"그렇지. 쉽지 않은 삶이지. 사실 나는 놀랐어. 진짜로 날 찾아올 줄 몰랐거든. 심지어 동생의 인생을 살아보고 싶다는 말까지 할 줄은 더더욱. 학업까지 포기하면서 말이야."

"부질없었어요. 어차피 계속 학교 다녀봐야 집중도 못 했을 거예요."

"이 생활 계속할 거야?"

정인은 잠시 시선을 다른 곳으로 돌린 채 고민했다. 그러고는 고개를 살며시 끄덕였다.

"목적이 있어요. 처음부터 그랬어요. 목적을 이룰 때까진 계속할 생각이에요."

"목적? 무슨 목적?"

"그냥 저 혼자만의 목적이요. 나중에 알게 되실 수도 있고 영영 모르실 수도 있을 거예요."

"궁금하네. 어쨌든 잘 해봐. 내가 도울 수 있는 건 다 도와줄게. 필요한 거 있으면 말하고."

"네. 알겠습니다."

"그래. 이제 일 봐."

그렇게 대화는 종료되었다. 정인은 시간이 떠 있는 것을 확인하고 집에 잠시 들를지 아니면 영업지 근처에 가서 여유롭게 있을지 고민했다. 그러다 어차피 나온 김에 영업지 근처에 가서 시간을 보내기로 했다.

정인은 버스에 올랐다. 정인이 자리에 앉고 몇 분 지나지 않아서 전화가 왔다. 정인환이었다.

"정인 씨, 잘 지냈어?"

버스에 정인환의 목소리가 울려 퍼졌다. 정인은 빠르게 이어폰을 착용했다.

"네. 안녕하세요. 안 그래도 전화 드리려고 했어요."

"전화? 왜? 신제품 나왔어?"

"아니요. 한 달쯤 전에 전화 주셨잖아요. 그때 다급해 보이셨는데 무슨 일 있으신가 해서요."

"내가? 아, 그랬나?"

정인환의 텐션이 갑자기 낮아졌다. 무언가 떠오른 것 같았다.

"그땐 내가 실수했나 보다. 지금 전화한 건 다른 게 아니라…. 또 주문하려고. 내가 주변에 이것 좀 알리고 다녔더니 효과가 좋다고 난리야. 아니 근데 이렇게 좋은 걸 왜 정식 출시를 안 하는 거야? 이해가 안 되네."

"감사합니다. 몇 세트 주문하시려고요?"

"이번엔 좀 많이. 열 세트. 단체 구매야."

정인환은 억지로 텐션을 올리려고 노력하는 듯했다.

"정말요? 그러면 조금 시간이 걸릴 수도 있는데… 언제까지 필요하세요? 공장에 문의를 해봐야 하거든요."

"우리가 이번 주 주말에 중소기업 사장들 친목회가 있어. 좋은 곳 가서 건하게 취할 예정이거든? 그때까진 줄 수 있지? 아, 정인 씨도 오던가. 이번에 와서 얼굴 한번 비추고 가."

정인의 눈썹이 살짝 올라갔다.

"그러면 제가 토요일에 물건이랑 같이 찾아뵐까요? 어차피 계약서도 써야 하니까요."

"그래. 그러면 좋지. 내가 시간이랑 장소 알려줄게. 열 세트야 열 세트. 기억해 둬."

"네. 감사합니다. 사장님."

"그래요. 들어가요."

정인은 이어폰을 뺐다. 그 후 만족스러운 큰 숨을 들이마셨다.

어느새 정인은 영업지에 도착했다. 아직 2시가 되려면 두 시간이나 남아 있어서 근처 식당에 들어가 칼국수를 먹었다. 평일 점심인데도 칼국수와 함께 술을 마시는 이들이 적지 않았다.

정인은 빠르게 밥을 먹고 근처 카페에서 커피를 하나 사 들고 나와 주변을 살폈다. 정인이 오늘 배정받은 영업지는 번화가와 가까웠다. 남은 시간 동안 정인은 주변 상권의 간판을 하나하나 바라봤다. 또 주차장 근처를 배회하며 주변을 살폈다.

어느덧 시간은 흘러 2시가 됐고 영업지에 들어가 교육의 옷을 입은 영업을 시작했다. 어느 화려한 개인 병원의 지하에 있는 작은 회사였다. 사실 회사라기보다는 그냥 지하실이었다. 그곳엔 인테리어 따윈 없었으며 콘크리트를 통해 스며든 물기가 그대로 피부에 닿을 것만 같이 서늘한 곳이었다.

그 지하의 구석 어딘가에서 오늘의 피 영업인들은 의자도 없이 겨우 장판 하나를 깔아놓고 정인을 기다리고 있었다. 그들은 모두 최소 70대로 보이는 청소 노동자들이었다.

정인은 형식상의 사진만 찍고 빠르게 교육을 마친 뒤 그곳을 빠져나왔다. 정인은 그들의 휴식을 방해하고 싶지 않은 듯 보였다.

그렇게 집으로 향한 정인은 작은 원룸에 누워 저녁이 되기만을 기다렸다.

저녁이 되자 정인은 다시 영업지였던 곳으로 향했다. 시간은 저녁 10시였다. 정인은 그곳에서 한 손으론 휴대전화를 한 손으로는 알모사10 샘플을 들고 비틀대며 운전석에 오르려는 사람들을 찾았다. 정인이 낮에 이곳에 와서 이곳저곳을 기웃거린 이유가 이것인 듯했다. 그런데 그때, 한 남자가 정인의 이름을 불렀다.

"정인 씨?"

차강준이었다. 이 근처에서 친구들과 술을 한잔하고 있던 모양이었다. 키가 큰 차강준이 매우 심하게 비틀대는 것으로 보아 술에 아주 많이 취한 듯했다.

"대리님. 여기에서 뵙네요."

"그러게요. 여기에서 뭐 해요?"

차강준은 정인이 들고 있는 알모사10을 바라봤다. 차강준의 큰 키 때문인지 풀려있는 동공임에도 그의 내리꽂는 눈빛은 따가워 보였다.

"여기에서까지 영업해요? 아 진짜 정인 씨 너무 열심히 산다. 뭐 하러 그렇게 열심히 살아요? 대충 살아요, 대충."

꼬인 혀로 내뱉는 차강준의 큰 목소리는 마치 자기 친구들에게 하는 말처럼 느껴졌다. 허세임이 분명했다.

"저는 이게 재밌어서요."

"그래요? 나는 재미없던데. 아 잠깐만, 정인 씨 이거 파니까 재밌는 거 아니야?"

차강준은 정인의 손에 있던 알모사10 샘플을 자신의 손으로 옮겼다. 이 과정에서 허락은 없었다.

"야! 너희들 이게 뭔 줄 알아? 이거 진짜 개 좋은 거야. 내가 저번에 음주운전 걸렸거든? 근데 씨발 이거 먹고 다시 측정하니까 통과했어. 이거 개 좋아."

차강준의 친구들은 풀린 눈으로 차강준과 정인과 알모사10을 번갈아 가며 바라봤다.

"정인 씨, 나도 이거 팔면 안 돼? 나 이거 존나 잘 팔 자신 있어. 내가 그러면 씨발 대한민국 영업왕 될 수 있다니까? 시그니엘 살 수 있다고."

차강준의 몸은 더 심하게 비틀거렸다.

"그거는 소장님과 논의해 보셔야 할 것 같아요. 저보다는."

"논의했어. 씨발! 근데 안 된다잖아! 왜 이거 정인 씨한테만 주는 거야? 소장 약점 잡았어? 그전에 이거 팔던 새끼도 존나 병신 같았는데, 씨발."

차강준은 이 말을 마친 뒤 음흉하게 웃었다.

"왜 씨발 병신 같은 새끼들한테만 이걸 주는 건지 모르겠네. 아, 같은 건 아닌가? 그냥 병신들인가?"

차강준은 박장대소했다. 그러나 그가 말한 병신 같은 새끼들이 친형제인 줄은 모르는 모양이었다.

"근데 그거 알아? 그 새끼도 그만뒀어요. 존나 못 팔아서. 지금 씨발 어디서 뭐 먹고 살려나? 정인 씨도 잘 한번 버텨봐. 그다음엔 내가 이거 먹을 테니까. 아, 그래! 야! 너희들 이거 다 사! 이 불쌍한 새끼 도와주자! 씨발 다 계약해! 정인 씨 명함 줘봐요."

정인은 순순히 자신이 가지고 있던 명함을 차강준에게 내밀었다. 그리고 가방에서 계약서들도 꺼냈다.

"하! 역시 준비돼 있어. 내가 이거 다 사줄게. 우리 정인 씨, 이제 걱정하지 마! 정인 씨도 나랑 시그니엘 들어가는 거야! 내가 이 새끼들 거까지 다 사줄게요. 그러니까 힘내요. 우리 정인 씨! 야, 가자! 4차도 내가 쏜다. 씨발!"

저녁 10시에 이미 이들은 3차를 마친 뒤였다. 얼마나 많은 양의 알코올이 그들의 몸속으로 들어갔는지 가늠할 수 없었다.

정인은 자신의 앞을 지나가는 그들에게 자신이 가진 알모사 10 샘플을 모두 나눠줬다. 그들은 어색하며 정인에게 샘플을 받아 자신들의 갈 길을 걸었다.

그들의 실루엣이 정인의 시야에서 사라진 뒤 정인은 알 수 없는 눈빛으로 뒤통수를 긁적였다. 그렇게 정인은 다시 버스 정류장으로 향했다. 화가 난 얼굴은 아니었다. 그러나 즐거운 얼굴도 아니었다.

정인은 계속해서 매일 자신에게 주어지는 영업지 근처의 술집과 주차장을 찾아내고 밤이 되면 그곳에서 알모사10 샘플을 돌렸다. 당연히 실제 계약은 이루어지지 않았다. 그저 샘플을 돌리기만 할 뿐이었다. 그리고 그렇게 주말이 됐다.

토요일. 정인은 정인환과의 약속을 지키러 경기도에 있는 어느 골프장으로 향했다. 많은 샘플의 양 때문에 정인은 택시를 이용해 그곳까지 갔다. 어차피 도시 외곽에 있는 그곳엔 버스가 다니지 않았다.

정인이 도착하자 그곳에 있던 스무 명 남짓한 사장들이 정인을 반겼다. 그들 뒤로 화려한 자동차들의 향연이 펼쳐졌다. 마치 모터쇼가 열린 것만 같았다. 그리고 몇몇 자동차의 열려있는 트렁크에서는 코끼리들이나 먹어 치울 수 있을법한 술의 양이 계속해서 빠져나왔다.

"어서 와요, 정인 씨. 여기 다 우리 동료 사장들. 우리 오늘 진짜 먹고 죽어보려고."

정인은 휴대전화를 꺼내 인사했다.

"안녕하세요. 유정인 입니다. 잘 부탁드립니다."

그러고는 사장들 한 명 한 명과 눈을 맞추며 명함을 건넸다. 그때, 머리가 벗겨진 어느 사장이 알모사10 샘플 박스를 보며 이렇게 말했다.

"저게 음주운전 빠져나가는 약이야? 누가 만들었대? 천잰대?"

그 옆에 있던 어느 키 작은 사장도 웃으며 말했다.

"어이, 오 사장. 술 먹고 운전하게? 그러면 못 써."

근처에 있던 사장들이 모두 웃었다.

이들이 웃고 잡담하는 사이, 알모사10과 술은 어느 숙소로 들어갔고 정인환은 정인을 사무실로 안내했다. 그들은 그곳에 마련된 책상과 의자에 앉아 계약서를 쓰기 시작했다.

"이거 좀 싸게 주는 거 맞지?"

"네. 맞습니다. 감사합니다. 사장님."

"에이 뭘. 제품이 좋은데. 근데 진짜 정식 출시 안 돼? 그때 뭐 한 달이면 된다며. 인터넷도 내가 싹 다 도와줄 수 있어."

"원래 그러려고 했는데 윗선에서 아직 수요 측정이 정확히 안 돼서 대량 생산은 조금 꺼리시는 것 같아요. 지금처럼 많이 사용해 주시면 제가 조금 힘써 볼게요."

"그럼 나한테 수수료도 떼주고 그러나?"

사장은 미소를 지으며 말했다. 그러나 그 말엔 뼈가 있었다. 정인은 그것을 단번에 파악했다.

"건의는 드려볼게요."

사장의 미소는 웃음이 되었다.

"자, 다 됐어. 입금은 확인했지?"

"네. 감사합니다."

"가자. 한잔해야지."

"죄송하지만 저는 조금 힘들 것 같습니다. 뒤에 일정이 있어서요."

"에이, 무슨 소리야. 여기까지 왔는데."

"저도 아쉽지만 다음에 따로 찾아뵐게요."

"그러면 이렇게 해. 다음 주엔 서울 호텔에서 모일 거야. 그땐 꼭 와."

정인은 잠시 말없이 미소를 지었다.

"생각해 보겠습니다."

그리곤 간단한 인사와 함께 그곳을 빠져나왔다. 버스가 다니지 않지만 그래도 상관없었다. 정인은 가볍게 걸었다. 산으로 둘러싸인 대낮의 경치가 시원했다.

그런데 그때, 전화가 울렸다. 정인은 약간의 미소를 머금고 전화를 받았다.

"여보세요."

"정인 씨, 안녕하세요. 차강준 대리입니다."

"네. 안녕하세요."

차강준의 목소리에는 이루 말할 수 없는 미안함이 깔려있었다.

"그…. 제가 지난번에 너무 큰 실수를 한 것 같아서요. 어떻게 사과드려야 할지 고민하다가 일단 찾아뵙고 사과드리려고 했는데 일정이 잘 안 맞아서…. 아무튼 너무 죄송했습니다. 제가 그날 술을 마시면 안 됐는데 친구들이 너무 부추겨서…."

차강준의 변명을 듣는 정인의 표정은 평안했다.

"정말 너무 죄송합니다. 어떻게 제가 사죄를 드려야 할지…. 정말 너무 죄송합니다."

"괜찮아요. 너무 마음에 두지 마세요."

차강준의 입에서 숨이 길게 빠져나왔다. 그러고는 아주 천천히 말했다.

"이해해 주셔서 너무 감사합니다."

"그런데 그때 대리님이 하셨던 약속이 하나 있는데 혹시 기억나시나요?"

"약속이요? 제가요?"

"네. 알모사10 사주신다고 하셨는데. 써보니까 너무 좋다고."

차강준의 짧은 침묵에서는 당황이 느껴졌다.

"아…. 그랬었죠, 제가. 사드릴게요. 안 그래도 여쭤보려고 했어요. 일단 두 세트 구매할게요. 저도 두고두고 먹으면서 친구들도 나눠주고 하면 좋을 것 같아서요. 다음 주에 바로 계약서 써드릴게요."

"네. 감사합니다. 좋은 주말 되세요."

"네. 정인 씨도 좋은 주말 되세요."

그렇게 그와의 전화는 끝났다. 정인은 이번 주에만 벌써 꽤 많은 매출을 올렸다. 이번 주 정인의 운수는 참 좋았다.

14
펜션

1월 25일. 토요일. 민준은 모자를 푹 눌러쓰고 어느 고급 호텔 라운지에 앉아 초조하게 주변을 둘러봤다. 꼭 주변에 있는 CCTV에 잡히지 않으려는 사람 같았다. 머지않아 민준의 시선은 한 곳으로 향했고 큰 다짐을 한 듯 천천히 그곳으로 걸어갔다.

"안녕하세요. 여기서 뵙네요."

정인환이 뒤돌아 민준을 바라봤다.

"누구…?"

"아, 저 상지전자…."

정인환은 역겹다는 감정이 드러나는 억지스러운 반가운 표정으로 민준을 바라봤다.

"여기서 뵙네요."

"윗분들 모시고 사내 친목회를 여기서 했거든요."

"윗분들⋯. 사내 친목회요?"

"네. 종종 주말에 등산하시고 여기서 모이세요."

정인환이 처음 드러냈던 역겨움이 순식간에 사라졌다. 오로지 반가움만 극대화되었을 뿐이었다.

"아! 그러시구나. 어디서 하셨어요?"

"2층 발렌티노 홀에서요."

"역시 대기업 분들은 큰 곳에서 노시네. 저는 여기 중소기업 사장들 모임이 있어서 왔거든요."

"아, 네."

민준은 정인환을 응시했고 정인환은 뭔가를 바라는듯한 눈빛으로 민준을 바라봤다.

"혹시 오늘 시간 되세요? 저희 윗분들 중에 시간 되시는 분들은⋯."

"시간 되죠! 당연히 되죠! 아, 죄송합니다."

정인환은 마치 자신이 바라던 말이 나오기라도 한 듯 한껏 상기되어 자기도 모르게 민준의 말을 끊었다.

"아닙니다. 아무튼, 여기서 멀지 않은 펜션에 가셔서 한 잔씩 하실 예정인데 제가 주중에 정 나노테크놀 제품에 대해 보고드린 것도 있고 해서 같이 가시면 도움 되실 수도 있을 것 같아요."

"그럼요! 당연히 가겠습니다. 주소 찍어주시면!"

"비밀스러운 장소라⋯."

"아⋯."

"주소 외우실 수 있으시죠?"

"그럼요!"

민준은 정인환에게 어딘지 알 수 없는 주소를 알려줬다.

"여기가 좀 예민한 곳이라서 네비랑 휴대전화에 저장되어 있으면 좀 곤란해지거든요."

"걱정 마세요! 절대 아무 기록도 하지 않을게요!"

"감사합니다."

민준은 자신의 손목에 있는 시계를 바라봤다.

"지금이 1시니까, 3시에 딱 맞춰서 오시겠어요? 그쯤이면 한창 기분 좋으실 때 오시는 거예요."

"네. 그럼요! 알겠습니다!"

"다시 한번 말씀드리지만 이 주소는….

"걱정 마세요! 제가 그래도 이런 거 잘 지켜서 사장 된 사람입니다. 하하하."

"네. 그럼 이따가 뵙겠습니다."

"알겠습니다!"

민준은 그렇게 호텔을 빠져나간 뒤 주차장에서 연식이 매우 오래된 자동차 하나를 끌고 어디론가 향하기 시작했다.

오후 3시 30분쯤. 사방이 산으로 둘러싸인 어느 고급 펜션 안에서 민준은 방진복에 라텍스 장갑, 마스크 그리고 위생 모자를 쓴 채 사방에 가득 놓인 소주병들을 바라봤다.

돈 많은 사람들이나 종종 빌릴 것처럼 생긴 이 펜션은 온통 고급 목재들로 인테리어 되어 있었으며 층고가 매우 높은 곳이었다.

"끄으…."

민준의 뒤로 신음이 들렸다.

"그냥 누워있어."

민준은 바닥에 쓰러져 제 몸도 가누지 못하는 정인환을 바라봤다.

"뭐 먹인 거야…."

정인환은 발버둥 치며 힘겹게 말을 이어갔다.

"GHB. 물뽕이래. 어렵게 구했어. 그게 술이랑 같이 먹으면 효과가 좋다고 해서."

"살려주세요…."

정인환은 마치 벌레처럼 꿈틀거리며 말했다.

"싫은데. 살려주기."

반면 민준은 그런 정인환을 내려다보며 언제라도 밟을 준비를 하고 있었다.

"왜… 왜…."

"왜?"

민준은 웃었다.

"나 못 알아보겠어?"

민준은 정인환에게 다가가 강제로 눈을 마주쳤다.

"네가 술 처먹고 죽인 사람 아들이잖아."

정인환은 여전히 신음만 낼 뿐 아무런 저항도 하지 못했다.

"내가 궁금한 건 하나야."

"제발… 살려주세요…."

"내 궁금증 해결해 주면 생각해 볼게."

"뭐든지… 다 할게요…."

정인환은 울기 시작했다. 정확히는 눈물 없이 울음소리만 내기 시작했다.

"너 그때 술 마신 거 맞지?"

"기억이…."

"기억이 안 나?"

"안 나요…."

민준은 주변에 널려있는 소주병을 따기 시작했다.

"그럼 나게 해줘야겠네."

민준은 소주병을 하나씩 잡고 정인환의 입을 벌려 그대로 쏟아 넣었다. 힘이 쭉 빠져서 최소한의 저항만 할 수 있었던 정인환은 컥컥대며 술을 흡수할 수밖에 없었다.

그렇게 소주병은 하나씩 비어 갔고 날도 점점 어두워졌다.

"자, 이제 기억이 좀 나?"

"살려…."

꿈틀거리던 정인환은 이젠 겨우 살랑거릴 정도로 신체 능력이 떨어졌다.

"기억나냐고! 이 개새끼야!"

"끄어⋯."

민준은 측정기 하나를 꺼내 정인환의 입에 댔다. 측정하는 데에 시간은 조금 걸렸지만 혈중알코올농도 0.3%가 나왔다.

"이 정도면 거의 치사량이야."

"살려⋯."

정인환의 짧은 목소리에서 한층 더 깊은 공포가 새어 나왔다.

"다시 물어볼게. 강남 횟집 앞에서 사고 친 날. 술 마셨어? 안 마셨어?"

"마셨⋯. 기억⋯. 나요⋯."

길었던 정인환의 대답을 들은 민준은 한숨을 길게 뽑아냈다.

"그런데 너 경찰 오기 전에 뭐 먹은 거야? 그거 때문에 단속 안 걸린 거지?"

정인환의 울음소리가 더 커졌다. 이번엔 서러움도 섞여 있었다. 그리곤 고개를 아주 천천히 끄덕였다.

"그거 뭐야?"

정인환은 천천히 몸을 돌려 옆으로 누웠다.

"그거 뭐냐고 이 개새끼야!?"

민준은 정인환의 어깨를 잡고 다시 자신을 바라보게 했다.

"끄어⋯."

"뭐냐고!"

정인환은 답변하지 않았다. 아니, 하고 싶은데 하지 못하는 것처럼 보였다.

"당신 살고 싶으면 그거 뭔지 말해."

"끄으…."

정인환의 그나마 살랑거리던 몸짓은 더욱 힘을 잃어갔다. 민준은 옆에 있던 술병을 하나 더 땄다.

"살고 싶으면 말해. 그거 지금 여기 있어? 그럼 내가 가져올게. 너 살 수 있게. 아니면 네가 좋아하는 술 더 먹여줄까?"

이제 정인환은 입을 벌린 채 천장만 바라봤다.

"살고 싶냐고!?"

정인환은 해맑게 웃는 것으로 답을 대신했다.

정인환의 웃음은 참 묘했다. 마치 이젠 미련이 없다는 듯 민준에게 날리는 조소처럼 보였기 때문이다.

"그거 뭔지만 알려주면 살려 줄게. 그거 뭐야! 어떤 새끼가 만들었고 어떻게 구한 거야!"

정인환은 끽끽거리는 소리 내며 웃었다. 그리곤 자신이 타고 온 차를 바라봤다.

"저기 있어?"

정인환은 고개를 끄덕였다.

"그럼 그거 어디서 구해? 어디서 구하냐고!?"

민준의 이 말이 마침내 비수가 되어 정인환의 심장에 꽂혀버렸는지 정인환의 몸은 그대로 축 처졌고 그의 생애 마지막 호흡을 뱉어냈다.

"안 돼. 아직 죽으면 안 돼!"

민준은 정인환의 몸을 흔들었다. 그러나 반응이 없자 마치 분노한 사자가 피를 토해내듯 울부짖었다. 민준의 계획은 이게 아닌 것 같았다.

잠시 분노를 삭인 민준은 모든 소주병에 정인환의 지문을 묻힌 뒤 펜션 구석구석에 술들도 뿌렸다.

민준이 뭔가를 다 해결하고 진정이 되어갈 때쯤 산속은 마침내 깜깜해졌다. 민준은 펜션 밖으로 나가 문을 열고 주변을 둘러보며 여전히 라텍스 장갑을 낀 채 정인환의 차 문을 열었다.

그리고 얼마 지나지 않아 이렇게 쓰인 작은 병 하나를 발견했다.

「알모사10 : 몸속 알코올을 모두 분해해 드립니다. 10분 안에.」

15
정인환

차강준으로부터 사과를 받은 지 한 달쯤 지난 1월 26일. 일요일. 정인은 예배가 끝나고 방송실 뒷정리를 하고 있었다.

정인의 뒷정리는 리듬감이 있었다. 마치 춤을 추는 듯했다.

놀랍게 달라진 정인의 이 몸짓은 이제 매주 꾸준히 들어오는 알모사10 계약 건들 덕분이었다. 이제 정인은 그저 전화를 받고 재고를 파악한 뒤 계약서를 들고 고객을 찾아가기만 하면 됐다.

정인환과 차강준의 영향력은 생각보다 강했다. 이들의 소개가 또 다른 소개를 낳았고 이 과정은 계속 반복됐다. 차강준은 며칠 전 정인에게 이런 말을 한 적이 있었다.

"알모사10이 정말 여럿 살렸어요. 벌금으로만 따져도 다 합치면 몇천만 원 될 거고 징역으로만 봐도 모두 몇십 년은 넘을 거예요. 정인 씨 너무 부럽네요. 알모사10 팔 수 있어서."

만약 이대로 시간이 또 한 달 지나면 차강준이 말한 벌금과 징

역은 훨씬 더 늘어날 것이다. 알모사10으로 인해서.

"최고 목장님이 직접 뵙자고 하시네요."

비서가 소리 없이 방송실로 들어와 말했다. 비서의 기분은 좋아 보였다. 정인은 뒷정리를 하다 말고 당황하며 휴대전화를 들었다.

"최고 목장님이요?"

"네. 직접 만나서 격려하고 싶으시대요."

"지금요?"

"지금은 아니고 날짜는 따로 주시겠대요. 이거 되게 큰 영광인 거 알죠? 정인 씨 축복받은 거야. 그럼 연락 기다리고 있어요."

그렇게 비서는 자신의 할 말만 전하고 사라졌다. 정인은 한 층 아래에 멀찍이 떨어져 있는 강대상을 바라봤다. 정인은 해맑게 웃었다.

그날 저녁 7시. 침대에 누워있던 정인은 휴대전화 문자 알람 소리에 놀라 잠에서 깼다. 정인은 그 문자를 보자마자 눈이 커졌고 정확히 1초 뒤에 상체와 하체의 각도가 90도가 되도록 벌떡 일어났다. 그 문자엔 이렇게 적혀있었다.

「부고. 정인환 님께서 별세하셨습니다.
이에 삼가 안내해 드립니다. 빈소는….」

문자를 보낸 사람은 정인환 본인이었다. 정인은 뭔가를 골똘히 생각하는 표정이었다. 정인의 작은 원룸 안이 굉장히 어두워지는 듯했다.

정인은 서둘러 검은 옷을 입고 빈소로 향했다. 빈소는 의외로 가까운 곳에 있었다. 그러나 그곳은 시끄러웠다. 그 중심에서 싸움이 벌어지고 있었기 때문이다. 들어가서 보니 싸움을 진행하는 자들의 얼굴은 붉게 물들어 있었다.

정인이 정인환의 가족에게 문상하는 과정에서도 그들의 싸움은 멈추지 않았다.

싸움은 두 사람의 주도로 이뤄지고 있었고 두 명 모두 정인환과 비슷한 연배의 남성들이었다. 한 사람은 목소리가 얇은 미성이었고 다른 한 사람은 쇠가 갈리는 듯한 소리를 내는 사람이었다.

"내가 뭐 틀린 말 했나? 있는 그대로의 사실을 말한 것뿐이야!"

"이 새끼가 빈소에서 할 말이 있고 못 할 말이 있는 거지. 그따위 말을 왜 여기에서 하냐고 그러니까!?"

싸움으로 인해 정인은 식사는 건너뛰고 돌아가려 했다. 그러나 가족 중 한 명이 싸움은 금방 끝날 테니 뭐라도 먹고 가라며 한쪽 구석에 자리를 마련해 줬다.

정인이 자리에 앉자 미성의 목소리가 크게 울렸다.

"내 나라에서 내가 하고 싶은 말도 못 하냐!?"

그들의 싸움은 어린아이들의 것과 비슷한 양상으로 진행됐다.

"닥치라고 이놈아!"

"술 먹고 운전하다 사람 쳐서 죽였는데 풀려났다고 자랑하는 게 사람 새끼야? 이게 벌받은 게 아니고 뭐냐고!?"

미성의 목소리를 가진 사람의 '술 먹고 운전하다 사람 쳐서 죽였다'는 말에 정인의 고개는 언쟁이 진행 중인 곳으로 돌아갔다.

"장례식장에서 할 말이 있고 안 할 말이 있지! 이 개새끼야! 왜 쓸데없이 한 달 전 일을 들먹여! 다 끝난 일을! 술 처먹었으면 그냥 곱게 가 제발!"

정인은 한 달 전쯤. 정인환에게 전화를 받은 적이 있었다. 자기 할 말만 하고 끊었던 전화. 고맙다는 말을 한 것 같은데 뭐가 고맙다는 건지는 잘 몰랐던 전화. 그리고 그날 저녁부터 정인환의 주변 사람들로부터 계약 요청이 밀려들기 시작했다.

정인은 다시 고개를 밥상 쪽으로 돌려 뭔가를 골똘히 생각했다. 정인환이 도대체 뭘 고마워했는지 그날 이후로 왜 계약 요청이 밀려들기 시작했는지를 고민하는 듯했다. 생각이 진행될수록 정인의 표정은 더욱 굳어졌다.

"게다가 경찰이 혈액검사 했더니 마약이 검출됐대! 내가 아무리 쓰레기처럼 살았어도 마약 하는 놈이랑 친해지긴 싫었어! 설마 너도 마약 하는 거냐!?"

"뭐, 이 새끼야!?"

그 둘의 말다툼은 이제 주먹이 오가는 싸움이 되었다. 미성의 남자는 마치 자신의 이야기를 장례식장에 온 사람들이 들어줬으면 하는 마음으로 말하는 것 같았다.

정인은 떡 한 조각을 먹고 일어섰다. 미성의 남자도 사실상 쫓겨나듯 장례식장을 빠져나왔다. 정인은 잠시 미성의 남자와 눈을 마주친 채 그곳을 떠났다.

그렇게 며칠이 훅 지나고 정인은 여전히 섭외지를 받아 교육과 영업을 했다. 물론 거기에서의 계약은 없었다. 대부분의 계약은 정인에게 직접 걸려 오는 전화들에서 시작됐다. 만나본 적도 없는 사람들의 전화. 정인환의 장례식 이후 그 전화는 더 증가했다.

16
이한결과 김민준

"억지로 따 온 거야!"

"그러니까 왜요! 우리 관할도 아닌데!"

1월 30일. 경찰서 사무실. 앉은 사람과 서 있는 사람의 큰 목소리 덕분에 분위기가 냉랭해졌다.

"얌마, 너 왜 말을 그렇게 해? 너 결혼한다고 생각해 준 거 아니야! 성과 더 챙기라고!"

"성과 필요 없으니까 그냥 거기로 돌려줘요. 저 이제 몸 사릴 거예요."

"강력반 놈이 몸 사리면 뭘 얼마나 사린다고? 그럴 거면 차라리 시골 파출소로 전출 신청하든가!"

서 있는 한결은 말문이 막힌 듯 긴 한숨을 내쉬었다.

"왜? 몸 사리면서 서울에서는 살아야겠냐?"

"아! 진짜!"

한결은 머리를 쥐어뜯었다.

"왜 나한테 짜증이야! 지 생각해서 억지로 사건 물어다 준 사람한테!"

한결은 답답한 듯 한동안 말을 이어가지 못했다.

"죄송해요."

"싸웠냐?"

"싸웠다기보다는…."

한결은 긴 한숨을 내쉬었다.

"잠깐 들어가서 말씀하시죠."

두 사람은 회의실의 문을 닫고 앉았다.

"왜? 뭔데?"

"저 거짓말 했어요."

"무슨 거짓말? 징계 사안이야?"

상사는 화들짝 놀라 일어나며 말했다.

"아니요. 그런 거 말고. 정서한테 거짓말했다고요."

"주어부터 말해! 안 그래도 예민한데 지금."

상사는 다시 앉아 호흡을 가다듬었다.

"무슨 거짓말?"

"정서는 제가 경제팀인 줄 알아요. 온라인 중고 거래 사기꾼들 잡으러 다니는…. 그때 여행 가서 제 몸 상처 보더니 막 울길래 저도 모르게 거짓말해버렸어요. 이 상처는 옛날 거고 지금은…."

"맞는 말 했네, 뭐."

"네?"

"요즘 온라인에서도 사람 죽이고 하더만."

"지금 제 말은 그게 아니잖아요."

"그래서 금방 드러날 거짓말은 왜 하냐고!"

"진실이 되게 해주세요!"

두 사람 사이에 잠시의 정적이 흘렀다.

"거짓말이 아니게 해달라고요. 저 진짜 오래 고민하고 말씀드리는 거예요."

상사는 혀를 차며 한결을 바라봤다.

"하이고, 못난 놈아. 못난 놈아! 파트너 머리 깨져서 입원한 게 그렇게 무서웠냐? 어!? 죽었으면 경찰 그만뒀겠다? 벌써 두 달 지났어 인마! 두 달!"

"두 달이든 석 달이든! 이제 결혼 해야 되니까 무서운 거죠!"

한결은 외치듯 말했다.

"나이 사십에 겨우 좋은 여자 얻어서 장가가게 생겼는데 형님 같으면 몸에 칼 맞아가면서 그 여자한테 실망 주고 싶겠어요?"

이번엔 상사가 잠시 말을 잃었지만 이내 호흡을 가다듬고 대화를 이어갔다.

"그래서 요점이 뭔데? 진짜 시골로 가겠다는 거야 뭐야?"

한결은 천천히 말을 이어갔다.

"안전한 데로 빼주세요. 진짜 경제팀으로 가도 좋고."

"너 경제팀 가면 더 빨리 죽는 거 몰라?"

"알죠. 과로로. 퇴근 없으니까. 근데… 차라리 그게 나을 것 같아요. 강력반보다는."

상사는 생각이 많은 듯 양쪽 관자놀이를 지그시 눌렀다. 반면 한결은 그런 상사에게 미안했는지 목 근육의 힘이 풀린 듯 계속 아래만 바라봤다.

"그럼 이렇게 해. 이번 한 건만 해결해."

"아, 형님!"

"내가 너 생각해서 겨우 가져온 거야! 욕먹어가면서. 나도 체면은 차려야 될 거 아니야!"

한결은 원망과 간절함이 섞인 눈빛으로 상사를 바라봤다.

"사건 발생지가 서울이랑 경기도 경계 부근이라서 내가 너 결혼하기 전에 실적 챙겨주려고 빌면서 가져온 거라고. 이거 내 선물이야. 그럼 받아주긴 해야 될 거 아니야?"

"아니…."

"너 옛날에 여자들한테 까이고 다닐 때 뭐라고 그랬어? 기껏 선물 준비했는데 안 받아주면 상처가 엄청 크다고 그랬잖아. 어!?"

"아, 이거랑 그거랑…."

"같지!"

상사는 소리높여 말했다.

"어려운 것도 아니야. 다친 후배 돌아오기 전까지 현장 감도 안 잃으면서 결혼 전에 실적도 챙기면 얼마나 좋아? 사실상 자살처럼 보여서 어렵지도 않을 거라고."

한결은 말이 없었다. 그저 끔뻑끔뻑 눈만 감았다 뜰 뿐이었다.

"알겠어요. 대신 꼭 보내줘요. 안전한 대로."

"알겠어 인마! 저기 막내랑 같이 붙어서 마무리 해."

"싫어요."

"뭐, 인마!?"

상사의 언성이 다시 높아졌다.

"혼자 할 거예요. 아니면 안 합니다."

상사는 한결이 밉지만 미워할 수 없다는 감정이 느껴지는 눈빛으로 바라봤다.

"아니, 언제까지 혼자 다닐 건데! 이 웬수 같은 놈아."

그 후 회의실 문을 힘껏 닫으며 나갔다.

한결은 상사가 닫고 나간 문에 대고 나지막이 읊조렸다.

"감사해요."

다음 날. 한결은 하루의 일과를 정 나노테크놀 방문으로부터 시작했다.

"안녕하세요."

"어떻게 오셨어요?"

정인환과 함께 다니던 여자 직원이 물었다.

"경찰인데요. 사장님 사건과 관련해서 여쭐 게 있어서요."

"아… 이쪽으로 오세요."

여자는 한결을 회의실로 데려갔다. 정인이 알모사10 영업을 했던 그 회의실이었다.

"어디서부터 말씀드려야 할지 모르겠지만…. 혹시 사장님이 원한을 살만한 안 좋은 일에 휩쓸린 적이 있으실까요?"

"원한이요? 글쎄요. 워낙 굽실거리는 걸 잘해서 원한 살만한 일은…."

한결은 작은 메모지에 뭔가를 끄적였다.

"원한은 잘 모르시고…. 그러면 혹시 사장님 사인 알고 계세요?"

"소문으로는 마약을 하셨다고…. 물뽕인가?"

"네. 혈액 검사로 GHB라는 약이 검출됐어요. 그게 물뽕이라 불리는 마약인데 그래서 제 질문은…. 평소에 사장님이 이상한 행동을 하셨냐 하는 거죠. 비틀댄다거나 이상한 얘길 했다거나…."

여자는 잠시 생각하더니 어렵지 않게 덤덤히 대답했다.

"자주 그러셨죠."

"자주요?"

한결의 눈이 살짝 커졌다.

"회식 때마다 술 자주, 많이 드셨으니까. 근데 일할 땐 그런 적 없으세요. 자기 사업이라 그런지 일할 때만큼은 철저하시더라고요."

"술을 자주 드셨고 약은 잘 모르겠다…?"

한결은 종이에 뭔가를 끄적였다.

"네."

"그러면 평소에 펜션 가서 술 드신다는 말씀은 하신 적 있나요?"

"글쎄요. 골프는 자주 치시는 것 같은데…."

"누구랑요?"

한결은 수풀 속에서 토끼의 꼬리를 찾은 배고픈 늑대처럼 여자를 바라봤다.

"술을 좋아하셔서 그런지 모임이 많으셨어요. 중소기업 사장 모임이 제일 잦으셨던 거 같고. 거기서 골프 자주 치셨죠."

"혹시 그 모임 멤버 중에 아는 분 계시나요?"

말을 마친 한결은 어느새 다른 회사에 도착해 있었다. 정 나노테크놀과는 한 시간 정도 떨어진 경기도권에 있는 회사였다.

"맞죠? 마약? 어휴… 진짜."

미성의 목소리를 가진 사나이가 말했다. 정인환의 장례식장에서 난동을 부리던 그 사람이었다.

"사실 GHB라는 약은 직접 하는 것보다 누군가 의도적으로 의식을 혼미하게 만드는 데 사용해요. 그래서 아직 잘 모릅니다."

"그러면 타살이라는 말이에요?"

미성의 목소리는 매우 놀란 눈으로 말했다.

"아직 잘 모릅니다. 그래서 온 거고요."

"아니, 분명 약을 했다고 들었는데."

"그건 맞는데 그 펜션이 워낙 외진 곳에 있어서 CCTV도 없고…. 펜션 주인분한테 여쭤봐도 예약 전화는 나이 든 사람 목소리였고 돈도 누가 현금을 놓고 갔다고 하셔서 아직 정확하지 않아요."

미성의 목소리는 약간 당황하는 눈치였다. 장례식에서 정인환을 공격하던 논리가 사실이 아닐 수도 있다는 사실 때문인 듯했다.

"그래도 변함없는 건 잘 죽었다는 겁니다."

한결은 미성의 목소리를 빤히 바라봤다.

"잘 죽었다뇨?"

"죄 없는 사람 죽였잖아요. 차로 쳐서."

"네?"

한결은 처음 듣는 사실인 듯 미성의 목소리에 한 발 더 다가갔다.

"그 새끼…. 음주운전을 밥 먹듯 하는 놈이었어요. 그날도 분명 그랬을 거라고. 근데 사고 후에 뭘 어떻게 했는지 처벌도 안 당했어요. 법이 뭐가 그래요?"

한결은 미성의 남자와 조금 더 대화를 나눈 뒤 다시 서울로 돌아와 사건 파일을 살펴봤다. 사건 파일 한쪽 구석에 미성의 남자가 말했던 사건 기록이 쓰여있었다.

한결은 한숨을 쉬었다. 마치 이 중요한 기록을 놓친 자신에 대한 혐오가 담긴 것 같은 한숨이었다.

"피해자 아들…. 피의자가 음주했다고 주장. 실제로 비틀거리는 피의자 차량 목격 및 블랙박스 영상 확보. 그러나 혈중알코올 농도 0.00%. 사고 후에도 피해자 적극 구호 의지 보였고 종합보험에 가입되어 있어 불구속 송치. 합의 종용했으나 피해자 측이 거부. 재판으로 갈 가능성 높음."

한결은 사건 파일을 덮었다.

"잘 돼 가냐?"

한결에게 사건을 넘긴 상사가 다가와 물었다.

"그냥 뭐…."

"아, 그러니까 밑에 애 하나 붙여준다니까."

"됐다고요!"

상사는 답답한 듯 혀를 찼다.

"너까지 나 힘들게 하지 마라. 지금 위에도 난리다."

"거긴 왜요?"

한결은 나갈 준비를 하며 예의상 물어보는 듯 말했다.

"요즘 급성간부전증인가 하는 거로 들어오는 환자들이 급증했대. 의사들이 수사 의뢰했고."

"근데 그게 왜요?"

"얌마. 의사들이 의뢰했다는 게 뭐겠냐? 곧 언론에 새어나간단 얘기 아니겠어? 그럼…."

"언론이 우리한테 지랄할 테고."

상사는 힘없이 자리에 앉았다.

"윗분들 불편하면 우리한테 불똥 튈 거고!"

반대로 한결은 일어났다.

"어디가?"

"일하러요."

한결은 어느 카페에 들러 구석진 자리에 앉아 사건 파일들을 검토했다. 또 놓친 건 없는지 하나하나 손으로 짚어가며 살펴봤다.

그렇게 시간을 보내던 한결은 시계를 바라봤다. 오후 8시였다. 그제야 한결은 짐을 정리하고 카페를 나왔다.

"혹시 김민준 씨 계시나요?"

어느 아파트 4층에 도착한 한결이 문을 살며시 두드리며 물었다. 사방이 폐쇄된 계단식 아파트라 그런지 한결의 말이 목욕탕에 온 것처럼 울렸다. 그리고 잠시 후 인기척이 들리더니 문이 열렸다.

"누구세요?"

민준이 문을 반쯤 열고 말했다.

"김민준 씨 되시나요?"

한결은 신분증을 보여줬다.

"맞는데요."

"실례가 안 된다면 잠시 현관에 들어가서 말씀드려도 괜찮을까요? 여기서 말하니까 말이 울리네요."

민준은 매우 경계하는 표정이었다.

"거기서 말씀하셔도 괜찮을 것 같은데…."

"정인환 씨 관련해서 여쭐 건데 여기서 말해도 괜찮아요?"

민준의 표정은 경계에서 불쾌함으로 넘어갔다.

"그럼 일단 들어오세요."

"네."

한결은 민준의 집 현관에 발을 올렸다. 낡은 신발들이 한결 옆에 서 있었다. 반면 민준은 등을 돌려 집 안쪽을 바라봤다. 민준의 발은 맨발이었고 그 주변엔 아무것도 없었다.

"혹시 정인환 씨 소식 들으셨나요?"

"무슨 소식이요? 그사이에 재판 진행돼서 교통사고처리 특례법 제3조 제1항에 의해 업무상과실치사죄로 인정되고 고작 5년 이하의 금고 또는 2,000만 원 이하의 벌금이 선고되기라도 했나요? 그런 거라면 그냥 전화로…."

"죽었어요."

잠시 적막이 감돌았다. 민준은 말이 끊겼음에도 뒤돌지 않았다. 그저 고개만 살짝 들었을 뿐이었다. 어쩌면 자신의 떨리는 모습을 보여주고 싶지 않아서일 수도 있었다.

"제가 용의자 된 건가요?"

민준이 작게 말했다.

"한 분씩 지워가는 중이라고 밖엔 말씀 못 드리겠네요."

"저 말고도 그분 싫어하는 사람이 있나 보죠?"

"알고 계신 분 있으세요?"

"내가 어떻게 알아요."

"혹시나 해서요."

한 차례 짧은 공방을 주고받은 두 사람은 다음 공격을 준비하기 위해서인지 잠시 말이 없었다.

민준은 침을 한번 삼키고 뒤를 돌았다. 이제 그 둘은 서로를 마주 봤다.

"지지난 주 일요일. 혹시 어디 계셨나요?"

"지난주도 아니고 지지난 주 일을 어떻게 기억해요."

민준의 표정은 차가웠다. 한결의 표정도 만만치 않았다. 민준은 그런 한결의 표정에 기가 눌렸는지 잠시 머뭇거렸지만 이내 말을 이어가기 시작했다.

"주말엔 거의 집에 있어요. 지지난 주도 마찬가지고요."

"확인해 주실 분 계실까요?"

"제 휴대전화 위치 추적해 보시면 되잖아요."

"해도 되나요?"

민준은 잠시 말이 없었다. 긴장한 기색을 억누르려 노력하는 중인 것으로 보였다.

"그러시던가요."

"감사합니다."

"다 끝나셨으면 가세요."

"기분이 어떠셨어요?"

"뭐라고요?"

한결의 감정 없는 질문에 민준이 공격적으로 답했다.

"분명 술을 먹은 것 같았는데, 혈중알코올농도가 0.00%로 나왔을 때."

민준은 어이없이 웃으며 말했다.

"그래서 제가 죽였다고 생각하세요?"

"꼭 그런 건 아닙니다."

민준은 매우 천천히 한결에게 한 걸음 가까이 다가갔다. 그러나 한결은 물러서지 않았다.

"형사님."

그들의 얼굴이 매우 가까워졌다.

"극도의 고통이나 슬픔을 느껴본 적 있으세요?"

"글쎄요."

"그럼 제가 그날이 오면 어떻게 대처해야 되는지 알려드릴게요."

민준은 한결이 있는 방향으로 목을 길게 늘어뜨렸다.

"첫째, 평생 그 고통 속에서 산다. 둘째, 비록 악마가 될지라도 그 고통의 근원을 멸종시킨다. 제가 장담하는데 둘 중 하나는 반드시 선택하셔야 할 겁니다."

한결은 민준을 바라보며 침을 삼켰다. 가까이에서 보는 민준의 눈빛은 소름 끼칠 정도로 무서웠기 때문이다.

"그래서 민준 씨는 뭘 선택하셨나요? 고통과 멸종 중에."

민준은 다시 한 걸음 물러났다.

"몰라요. 그냥 가주세요. 아버지 장례 끝낸 지 이제 한 달밖에 안 지났어요. 아직 힘들다고요."

한결은 그런 민준을 한참 응시했다. 사실 그것밖에 할 수 있는 게 없었다.

"알겠습니다."

한결은 민준을 잠시 바라보다가 골반을 틀어 뒤로 돌기 시작했다.

그런데 그때, 한결의 눈에 작은 쓰레기 하나가 눈에 들어왔다.

「알모사10」

그러나 한결은 민준에게 그 쓰레기에 대해 따로 묻지 않았고 돌아가던 골반을 그대로 돌려 한결의 집 문을 나섰다.

17
영업소장

이제 알모사10을 구매하기 위해서는 계약 후 최소 며칠은 기다려야만 했다. 작은 실험실의 생산량은 계약 건수를 따라갈 수 없었기 때문이다.

영업팀 사람들은 그런 정인을 부러워했다. 차강준도 여전히 알모사10을 직접 팔고 싶어 했다. 언젠가 이런 말까지 했을 정도로.

"정인 씨, 저한테 하청 주면 안 돼요? 저 진짜 엄청 잘 팔 수 있는데. 정인 씨는 그냥 앉아서 돈 버는 거예요. 영업소장 모르게."

그러나 정인은 정중히 거절했다. 차강준은 정인과 영업소장의 관계를 알지 못했다.

알모사10의 폭발적인 인기와 함께 거리를 걷던 2월 4일의 저녁. 정인은 비서의 연락을 받았다. 지금 영업소장과 함께 바로 교회로 올 수 있냐는 질문이었다. 정인은 섭외지에서의 교육을 모두 마친 터라 흔쾌히 알겠다고 하며 집으로 향하던 발걸음을 교회로 선회했다.

"어, 왔어?"

영업소장은 정인보다 일찍 도착해 있었다. 그런데 그의 흰자위가 노랗게 변해있었다. 정인이 걱정스러운 눈빛으로 그의 안부를 물어보려던 찰나, 비서가 도착했다.

"일지는 잘 쓰고 있죠?"

"네. 그런데 별것 없어요. 이제까지 쭉 보셔서 잘 아시겠지만 제가 잘했다기보다는 그냥 연락이 온 거라서요."

"괜찮아요. 그거라도 잘 적으면 우리한테 도움이 돼요. 어차피 계약서가 다 있으니까."

"오늘 최고 목장님 만나 뵙는 건가요?"

"오늘은 아니에요."

영업소장과 비서는 따로 인사를 나누진 않았다. 그러자 영업소장이 무안했는지 먼저 말을 걸었다.

"평일에 어쩐 일로 부르셨어요?"

"일단 연구실 가서 말해요."

정인과 비서 그리고 영업소장은 아무 말 없이 4층 연구실로 향했다. 그곳에선 이전에 봤던 20대 남성 철수와 30대 여성 영희가 열심히 일하고 있었다. 그들은 매우 바빴지만 50대 남성 박사는 보이지 않았다. 그리고 못 보던 얼굴들이 두 명이나 더 보였다.

"여긴 우리 새 신도분들이신데 마침 일을 구하고 계신다고 하셔서."

그들과 정인 그리고 영업소장은 서로 인사를 나눴다. 그들은 정인이 수어와 휴대전화로 말하고 있다는 사실을 몰랐던 듯 잠시 당황한 표정을 지었지만 이내 아무렇지 않게 다시 바쁜 업무로 돌아갔다.

"복잡하네. 그렇지? 복도로 나가서 얘기할까?"

그들은 그렇게 다시 8층 대기실로 향했다. 비서가 굳이 4층 연구실까지 온 이유는 그저 그곳의 바쁜 일상을 보여주고 싶었기 때문인 듯했다.

"소장님. 어땠어요? 연구실?"

"그대로네요. 바빠 보이기도 하고."

이미 이곳에 대해 알고 있었던 소장의 대답은 건조했다. 반면 비서는 뭔가 큰 결심을 한 듯 굳게 서서 이야기를 시작했다. 비서의 시선은 정인에게 향해있었다.

"정인 씨, 이거 정말 솔직하게 말해 줘야 돼. 알겠지?"

"네."

"알모사10 매출 지금 상태로 현상 유지 가능하겠어? 더 올라가면 좋고."

정인은 잠시 고민했다. 그러고는 짧게 답했다.

"솔직하게 말씀드리면 잘 모르겠어요. 지금 매출은 입소문이 대부분이고 이게 지속될 거란 법은 없으니까요."

"아직은 무리 아닐까요?"

영업소장도 정인의 의견을 거들었다.

"공장 지으시려는 거죠? 그런데 조심하셔야 될 게, 이미 반짝
하고 사라지는 제품들 많았잖아요. 만약 공장 짓고 알모사10이
실패하더라도 다른 제품으로 전환 시킬 수 있으면 손해 볼 장사
는 아니지만…."

"누가 그렇게 실패를 많이 했더라?"

비서가 소장의 말을 잘랐다. 소장과 비서의 사이는 그리 좋아
보이지 않았다.

"현실적으로 말씀드린 겁니다."

비서는 소장의 눈빛을 피해 다시 정인에게로 시선을 돌렸다.

"그럼 2주 안에 알려줘. 지금 알모사10에 대한 최고 목장님의
기대가 너무 커지셨어. 당연히 공장 짓고 싶어 하시고. 실패하긴
싫어하셔서."

그러면서 비서는 소장의 얼굴을 바라봤다. 이번엔 소장이 비
서의 시선을 피했다. 정인은 그런 그들의 기 싸움을 애써 모른
척 외면했다.

"2주야. 2주 안에 결정지어야 돼."

"네. 알겠습니다."

그렇게 정인과 소장은 그곳을 빠져나왔다. 그들은 소장의 차
를 타고 사무실로 향했다.

"고생했어. 내가 못 한 걸 해냈네."

"네? 못 한 거라뇨?"

"사업화."

소장의 말이 끝난 뒤 잠시 정적이 흘렀다. 정인은 백미러를 통해 전방을 주시하는 소장의 눈동자를 잠시 바라봤다. 마치 회한으로 가득 찬 노인의 눈빛 같았다. 소장도 정인의 시선을 느꼈는지 덤덤하게 말을 이어갔다.

"비서… 원래 나랑 친한 친구였어. 장막에 같이 들어온…. 일종의 동기 같은 개념이랄까? 어쨌든 그때가 장막에서 한창 과학자들 큰돈 주고 영입해서 이런저런 제품 개발하던 시기였는데 그때 젤푸스 쪽에서 일하던 게 비서였고 나는 지금은 없어진 곳에서 일했어. 그때 우리 둘 다 너무 힘들어서 맨날 같이 술 먹으면서 잘 되자고 다짐하고 그랬는데."

"지금은 안 그러세요?"

"봤잖아. 지금은 사이가 그리 안 좋아. 내 잘못이지 뭐. 자격지심."

소장은 쓴웃음을 지었다.

"원래는 우리 팀 성과가 더 좋았어. 사업화까지 갈 수 있을 정도로. 지금 알모사10이랑 비슷했을걸? 그런데 망했어. 너무 급하게 키워서. 그 와중에 젤푸스는 엄청 잘 됐지. 생각보다 똥 싸기 싫어하는 사람들이 세상엔 많더라고. 어쨌든 결국에는 거기에서 일했던 사람들은 지금 다 잘됐어. 비서처럼."

"싸우신 거예요?"

"아니. 싸운 건 아니고. 그냥 그렇게 말이 없어지면서 조금씩 멀어지더라고. 그렇게 한 10년 지나니까 옛날에 좋았던 기억은 다 사라졌고."

"성격은 어떠셨어요? 그때 비서님?"

"좋았지. 시원하고. 그때는 지금처럼 저렇게 냉혈한처럼 보이지도 않았어. 얼마나 따뜻했는데."

정인과 소장은 작게 소리 내어 웃었다. 그렇게 몇 초간의 정적이 유지되다가 정인이 그 정적을 깨며 말했다. 정확히는 휴대전화의 목소리가.

"알모사10은 성공할까요?"

"모르지."

소장은 다시 쓴웃음을 지었다.

"술 한잔할까? 아, 술 안 했다고 그랬지. 뭐 좋아하는 거 있어? 내가 사줄게."

"그냥 먹는 거라면 가리지 않아서요. 국밥 종류도 좋아합니다."

"국밥? 그래. 그럼 국밥 먹으러 가자."

그렇게 그들은 어느 국밥집에 도착해 밥을 먹었다. 국밥집은 조용했다. 그들의 식사도 적막했다. 이들의 대화는 밥을 다 먹은 뒤 식당 문을 나서는 순간 다시 시작됐다.

"감사합니다."

"뭐가?"

"그냥… 도와주셔서요."

"그 얘기 좀 그만해. 우리가 만나면 할 얘기가 그거밖에 없는 건 아니잖아."

정인은 멋쩍은 듯 실없는 웃음을 지었다.

"그런데 소장님."

"왜?"

"요즘 많이 피곤하신가 봐요. 눈에 약간 황달기가 있으신 거 같아요. 사실 아까 말씀드리려고 했는데."

"이거? 좀 됐어. 괜찮아지겠지. 심한 것도 아니고. 요즘 그냥 스트레스가 많아. 이런 거 신경 쓰지 말고 가봐. 일부러 여기서 먹은 거야. 정인 씨 집 근처잖아."

"감사합니다."

정인은 그렇게 집을 향해 걷기 시작했다. 그러나 정인은 뭔가 알 수 없는 찝찝함을 지우기 힘든 듯 자주 뒤를 돌아봤다. 정인은 소장의 차가 주차장을 빠져나가는 것을 보려는 것 같았다.

그러나 소장의 차는 시동이 켜지는 소리도 들리지 않았다. 정인의 두 발은 어느새 멈춰있었다. 그렇게 1분이 지났다. 소장은 화장실을 갈 이유가 없었다. 그 역시 젤푸스 복용자였기 때문이다.

정인은 다시 식당 주차장 쪽으로 발을 옮겼다. 주차장엔 아직 소장의 차가 주차돼 있었다. 시동은 꺼져있었다. 정인은 천천히 운전석 쪽으로 걸었다. 소장이 운전석에 타고 있는 뒷모습이 보였다. 그리고 정인이 마침내 운전석과 마주했을 때 안전벨트를 착용한 채 잠들어 있는 소장의 모습을 목격했다.

정인은 창문을 두드렸다. 소장은 깨지 않았다. 더욱 강하게 두드렸다. 여전히 깨지 않았다. 정인은 차 문이 잠겨있음을 인지했고 창문이 깨질 듯이 문을 두드렸지만 여전히 소장은 깨지 않았다.

정인은 곧바로 119에 신고했다. 그 후 상담사의 안내에 따라 주변에 있던 날카로운 것으로 뒷좌석 창문을 있는 힘껏 깨뜨렸다. 그렇게 앞문을 열고 소장의 상태를 체크했다. 일단 심장은 뛰고 있었다. 그러나 아무리 깨워도 의식은 돌아오지 않았다. 정인이 할 수 있는 것은 아무것도 없었다.

시간이 흐르고 응급 구조대원들이 도착해 소장을 병원으로 데려갔다. 정인도 구급차에 탑승한 뒤 소장의 보호자 역할을 했다. 병원에 도착하고 나서야 소장 역시 가족이 없다는 사실을 알게 됐다.

응급실에서는 의사가 간호사들과 함께 대기하고 있었다. 의사는 소장의 상태를 보자마자 나지막이 읊조렸다.

"또 야?"

정인은 모든 상황에 대해 의사에게 말했다. 의사는 뭔가를 의심하는 눈치였고 즉시 피검사를 했다.

검사 결과는 생각보다 빠르게 나왔다. 의사는 결과지를 받아들고 다시 돌아와 말했다. 간호사들은 소장에게 뭔가를 투여하기 시작했다.

"급성간부전입니다. 이름처럼 간에 문제가 생겨서 일어나는데 보통 증상이 없었다가 갑자기 일어납니다. 그래서 위험해요. 지금 투여하기 시작한 약물은 일종의 현상 유지제 라고 보시면 될 것 같습니다. 치료라기보다는 더 악화되는 걸 막기 위함이죠. 의식은 곧 돌아오실 건데 이전과 같을지는 미지수입니다. 일단 가능하시다면 함께 계셔주시고 의식이 돌아오면 바로 알려주세요. 그때 환자에게 더 정확한 이야기를 들어야 합니다."

"네. 알겠습니다."

"그래도 빠르게 발견해서 다행입니다."

정인은 아직도 어안이 벙벙했다. 의사의 말대로 소장은 곧 눈을 떴다. 그의 흰자위는 이전보다 더 노랗게 물든 것만 같았다. 정인은 곧바로 간호사를 불렀고 간호사는 즉각 의사를 부르러 갔다. 그 사이에 정인이 소장에게 말을 걸었다.

"소장님. 제 말 들리세요?"

소장은 천천히 고개를 돌려 정인을 바라봤다. 그러고는 이렇게 읊조렸다. 공기가 매우 많이 섞인 소리였다.

"우리 집…. 집에 가…. 거기에…."

이때 의사가 도착했다. 정인은 의사에게 자리를 양보했다. 의사는 소장에게 이것저것 묻기 시작했다. 이전에 간 질환이 있었는지, 술은 평소에 얼마나 먹는지 그리고 아세트아미노펜 계열의 두통약은 자주 먹는지.

그러나 소장은 제대로 된 답변을 내놓지 못했다. 의사가 아무리 천천히 설명해도 달라지는 건 없었다. 의사는 곧바로 휴대전화를 꺼내 누군가에게 전화했다. 자신보다 이 병에 대해서 더 잘 알고 있는 사람인 듯했다.

정인은 소장의 마지막 말의 의미가 무엇인지 이해할 수 없었다. 자기가 집에 가고 싶다는 말인지 정인에게 자신의 집으로 가보라는 건지 아니면 그냥 자신을 여기에 두고 집으로 돌아가라는 말인 건지. 소장의 말은 너무 작기도 했고 온전한 정신에 한 말도 아니었다.

정인은 일단 잠시 의료진의 허락을 받아 소장의 집에 가보기로 했다. 소장의 집 주소는 영업팀장에게 전화해 알 수 있었고 팀장의 말에 의하면 소장은 열쇠를 사용한다고 했다. 그리고 그 열쇠는 집 주변 어딘가에 있을 것이라는 말도 들었다.

소장의 집에 도착한 정인은 놀라지 않을 수 없었다. 정인이 마주하고 있는 곳은 지은 지 50년은 되어 보이는 듯한 건물이었다. 정인은 고개를 갸우뚱거렸다. 아마도 소장이 왜 이런 곳에 사는지에 대한 의문인 듯싶었다.

소장의 집은 심지어 이 건물의 가장 낮은 곳에 있었다. 그리고 그의 집 앞엔 죽은 나무들이 심겨 있는 화분들이 있었다. 정인은 그중 가장 왼쪽에 있는 화분 밑에서 열쇠를 찾았다.

정인은 소장의 집에 들어갔다. 정말 소장이 정인을 이곳에 보낸 것이 맞는다면 그 의도가 이 집 어딘가에 있을 것이다. 만약 그 의도가 발견되지 않으면 소장은 그저 정인에게 정인의 집으로 돌아가라는 말을 한 것이라고 볼 수밖에 없다.

소장의 집은 좁은 거실과 두 개의 작은 방 그리고 더 작은 화장실로 구성되어 있었다. 집 안에서는 온기가 느껴졌지만 왠지 모르게 처량했다. 정인은 곧바로 침대가 있는 방 안으로 들어갔다. 그리고 거기에서 소장의 의도로 보이는 것을 단번에 마주했다.

그곳엔 온갖 종류의 술병들과 알모사10 샘플들이 널브러져 있었다. 그리고 그 병들은 모두 깨끗이 비어있었다.

정인은 이 장면을 멍하니 바라봤다. 소장은 분명 이것을 정인에게 보여주고 싶었을 것이고 정인은 여기에서 소장의 정확한 의도를 파악해야 했다. 그러나 그럴 시간도 없이 정인의 휴대전화가 울렸다. 병원에서 온 연락이었다. 그리고 정인이 들은 소식은 소장의 죽음에 대한 것이었다.

정인은 허탈하게 소장의 침대에 걸터앉았다. 그러고는 멍하니 어딘가를 바라봤다.

그런데 그때, 정인의 눈에 커다란 검은 책 하나가 보였다. 책이라기보다는 두꺼운 장부의 느낌이 강했다.

정인은 책을 폈다. 한 페이지씩 넘길 때마다 정인의 눈은 점점 더 커졌다. 눈이 더 커질 수 없는 지경이 되자 콧구멍과 입까지도 커지며 마침내 정인의 표정은 허탈함과 허무함 그 자체가 되었다.

정인은 검은 책을 편 채 무릎 위에 '툭' 하고 올려놨다. 하얀 속지 위에는 영업소장의 글씨로 보이는 것들이 가지런히 정렬되어 있었다.

「브로커 ○○○ 전화번호 xxx-xxxx-xxxx /
3억 / xx년 xx월 xx일 송금」
「국회의원 ○○○ 전화번호 xxx-xxxx-xxxx /
3억 / xx년 xx월 xx일 송금」
「식약처장 ○○○ 전화번호 xxx-xxxx-xxxx /
2억 / xx년 xx월 xx일 송금」
「식약처 담당자 ○○○ 전화번호 xxx-xxxx-xxxx /
5,000만원 / xx년 xx월 xx일 송금」
:
:
「알모사10 제조 레시피 / ….」

정인은 책을 계속 넘겼다. 그곳엔 새순결장막회에서 생산하는 여러 제품의 각종 비리가 가득 담겨 있었다. 비어있는 하얀 속지는 없었다.

정인은 꽤 오랜 시간 무언가를 생각했다. 소장이 어떻게 이 많은 정보를 모을 수 있었는지 과연 이걸로 무엇을 하려 했는지 아니면 정인 그 자신이 이걸로 무엇을 할 수 있는지를 생각하는 것

일 수도 있었다.

마침내 정인이 한숨을 토하며 생각을 마쳤을 때 정인의 눈빛은 서서히 변하기 시작했다. 마치 날 선 칼들이 얇은 쇳소리를 내며 부딪히는 것처럼 복잡하고도 미묘해 보이는 눈빛이었다.

그리고 정인은 곧바로 휴대전화를 들어 어디론가 전화했다.

"네, 비서님. 유정인입니다. 공장, 그냥 당장 지으시죠."

전화를 끊은 정인은 검은 책을 들고 집으로 향했다.

18
새순결장막회

소장의 장례식은 새순결장막회에서 모두 맡아 진행했다. 소장
의 집과 재산 역시 새순결장막회에서 모두 처리했다. 소장의 흔
적은 그렇게 순식간에 사라졌다.

이상한 것은 정인이 소장의 집에 다녀간 것을 비서가 알게 됐
음에도 검은 책에 대해 묻지 않았다는 것이었다.

2월 18일. 인적이 드문 서울 외곽에 공장이 생겼다. 새순결장
막회가 다 무너져가는 공장을 사들여 리모델링을 했던 것이다.
그러자 생산 능력이 높아지면서 더 이상 알모사10을 구하기 위
해 대기할 필요가 없어졌다.

정인은 알모사10 생산 공장의 사장이 되었다. 처음엔 거절했
지만 비서는 최고 목장의 결정이라며 따르지 않을 수 없었다는
말만 반복했다.

그러며 자연스럽게 정인은 강신기업교육센터도 그만뒀다. 동

시에 알모사10 판매권도 회수했다. 애초에 알모사10은 새순결
장막회의 것이었다.

"정인 씨."

비서의 전화였다.

정인은 하던 일을 멈추고 언제나 그렇듯 왼손으로 휴대전화를
들었다.

"네. 비서님."

"어제 뉴스 봤어?"

"네. 봤습니다."

"자랑스럽다. 정말."

어제 어느 뉴스에서는 음주운전 특집 보도를 내놓으며 최근
몇 개월간 음주운전 적발이 줄었다는 내용과 함께 전문가가 등
장해 그 이유를 분석하는 장면이 방송에 송출되었다. 물론 거기
엔 알모사10에 대한 이야기는 없었다. 당연히 몇 달간 노력한
정인의 이야기도 없었다.

"이제 때가 된 거 같네."

"네?"

"최고 목장님께서 보자고 하셔, 정인 씨."

정인은 잠시 말이 없었다.

"돌아오는 일요일. 예배 마치고. 시간 괜찮지?"

"네. 알겠습니다. 시간 비워둘게요."

그렇게 그들의 대화는 종료됐다. 정인은 멈춰선 김에 공장을

한번 둘러봤다. 공장엔 새로운 얼굴들이 많이 보였다. 이들은 모두 얼마 전에 들어온 신입 사원들이었다. 그러나 동시에 새순결장막회의 새 신도들이었다. 그들은 각자 자신의 자리에서 열심히 움직이고 있었다. 원자재 주문하는 사람, 기계 돌리는 사람, 주문받는 사람, 상품 포장하는 사람까지.

한 장소에 계속 붙어있으면 사적인 대화도 오갈 법도 했지만 그들에게 그런 것은 없었다. 그저 묵묵히 일할 뿐이었다.

20대 남성 철수와 30대 여성 영희가 함께 공장으로 들어왔다. 그러나 이들과 함께 알모사10을 개발했던 박사의 행방은 누구도 몰랐다. 정인도 굳이 궁금해하진 않았다.

"다녀왔습니다."

철수가 던진 말이 공장 전체에 울렸다.

"빨리 오셨네요. 신규 고객인데도."

"네. 이번 고객들은 계약서를 잘 안 보더라고요. 바로 사인하고 왔어요."

철수와 영희가 공장에서 하는 업무는 배송 및 계약 체결 업무였다. 밀려드는 계약을 정인 혼자서 처리할 수는 없었다.

계약서는 새로 만들어졌다. 이제는 강신기업교육센터의 계약서를 사용할 수 없기 때문에 비서, 철수, 영희가 모여 초안을 만들었고 정인이 마지막에 승인하며 완성되었다. 특이한 점은 이들은 계약서를 어떤 형태의 디지털 데이터로도 남겨두려 하지 않았다는 것이었다.

그래서 이들은 국가 정보기관에 납품하길 희망하는 자체 개발 종이로 계약서를 만들었다. 카메라로 찍으면 필름이든 파일이든 거기엔 까만 사각형만 보이는 그런 종이였다. 참고로 이 종이는 친환경이라고 했다.

하루 일과가 끝난 정인은 집으로 향했다. 새로 이사한, 모든 것이 깔끔하고 새로운 강남의 오피스텔이었다. 그러나 여전히 자동차는 없었고 술도 마시지 않았다.

그날 저녁. 한가로이 저녁을 보내던 중 누군가 정인의 오피스텔 문을 두드렸다. 정인은 순간 발작을 일으키듯 놀랐다. 고요한 저녁 시간에 자신의 집에 찾아올 사람은 아무도 없었기 때문이다. 정인은 당황하며 문 앞으로 가서 휴대전화를 꺼낸 뒤 상대의 신원을 물었다.

"누구세요?"

"정인 씨, 접니다. 기억하실지 모르겠지만⋯."

익숙한 목소리의 그는 문 밑으로 자신의 명함을 들이밀었다.

이한결. 정인 가족들의 장례식에 찾아왔으며 언젠가 자신이 시골 지역에 음주단속을 부탁했던 바로 그 경찰.

"무슨 일이시죠?"

"알모사10에 대해 여쭤볼 게 있어서 왔습니다. 자세한 건 들어가서 말씀드리겠습니다."

정인은 망설임 없이 문을 열었다. '알모사10'이라는 단어를 들은 이상 어쩔 수 없는 선택이었을 것이다.

한결은 현관 안으로 들어왔으나 신발을 벗고 안으로 들어가진 않았다. 그저 그 자리에 서서 수첩을 꺼낼 뿐이었다.

"잘 지내셨죠? 일단 협조 감사합니다."

"잘 지냈습니다. 그런데 좀 당황스럽긴 하네요."

"저도 이렇게 찾아뵙게 돼서 죄송합니다."

"들어오실래요? 좁긴 한데."

정인은 다분히 의례적이며 마음은 담기지 않은 제안을 건넸다. 당연히 받지 않길 바라며 던진 말 같았다. 그러나 한결은 정인의 뜻과는 반대로 답했다.

"네. 감사합니다."

정인은 간이 테이블과 의자들을 준비했고 탄산수 하나를 냉장고에서 꺼내 한결에게 건넸다.

"감사합니다."

한결은 탄산수 특유의 차오르는 청량감을 경험한 뒤 본격적인 이야기를 시작했다.

"어디서부터 말씀드려야 될지 모르겠지만…. 그냥 시간 순서대로 쭉 말씀드리겠습니다."

"네."

한결은 정인환과 김민준 사이에 있었던 일들을 천천히 정인에게 말했다. 김민준 아버지의 사망 사고, 음주 운전이 의심되는 정인환의 혈중알코올농도가 0.00%로 나왔던 것. 그리고 정인환의 죽음까지.

정인도 집중하며 천천히 사건의 흐름을 따라갔다. 그러나 한결과는 눈을 마주치지 않았다.

"그런데 여기에서 정인환과 김민준 이 두 사람이 연결된 게 김민준 아버지 사망 말고 또 있더라고요. 알모사10."

정인은 이 부분에서 눈이 살짝 커졌다.

"알모사10이 뭔지 몰라서 검색해 봤습니다. 공식 홈페이지도 없어서 찾는 데 애를 먹긴 했어요. 그래도 여기저기 묻다 보니 정인환 씨가 쌓아두고 있을 만큼 애정하는 제품이었더라고요. 주변 사장님들한테 소개도 많이 시켜주셨고."

정인은 계속 들었다. 고개를 끄덕이지도 추임새를 넣지도 않고 동상처럼 가만히 멈춰서 계속 들었다.

"그래서 왜 그런가 봤더니 그게 알코올을 분해하는 거라면서요? 그래서 아무리 취해도 마시기만 하면 10분 안에 혈중알코올 농도가 0.00%가 되고. 세상 참 좋아졌어요."

이제 정인은 호흡도 멈춘 듯했다.

"여기까지 알게 되고 저는 '김민준 씨는 왜 알모사10을 집에 두고 있었을까?'라는 생각을 했어요. 본인 아버지를 죽인 사람이 받은 면죄부 같은 제품일 텐데. 그러면 엄청난 증오가 있었을 텐데. 그런데 만약에요…."

정인의 침 삼키는 소리가 한결에게도 들릴 만큼 꽤 크게 들렸다.

"어디까지나 가정이지만 김민준 씨가 정인환 씨를 살해한 거라면…. 그다음엔 면죄부를 판매한 사람도 노리지 않을까? 라는 생각이 들더라고요."

정인은 그제야 한결을 바라봤다.

"어떻게 생각하세요? 알모사10을 판매하는 유정인 씨는…."

"저는…."

잠시 말을 멈춘 정인은 냉장고에서 탄산수를 꺼내 마셨다.

"일단 김민준 씨 먼저 잡아야겠네요. 그렇게 위험한 거라면."

한결도 탄산수를 한번 짧게 마셨다.

"이미 잠적했어요."

"네?"

"그 좋은 상지전자도 일방적으로 그만두겠다고 통보한 상태고 집도 차도 모두 그대로인데 사람만 사라졌어요. 마치 뭔가를 준비하는 사람처럼요."

정인은 한 번 더 탄산수를 마셨다. 그러나 이번엔 길게 마셨다.

"정인 씨."

"네."

"정인 씨도 비슷한 아픔을 가지신 분이라서 여기까지 오는 게 힘들긴 했는데…. 제가 드리고 싶은 조언은 알모사10 판매 그만 두시고 다른 일 알아보시는 게…."

"걱정해 주시는 건 감사합니다."

정인은 한결의 말을 끊어냈다.

"그건 제가 알아서 하겠습니다."

"계속하겠다는 의지로 읽히네요."

"저는 그냥 제 갈 길을 갈 뿐입니다."

한결은 긴 한숨을 내쉬었다.

"그런데 알모사10이요…."

한결은 신중하게 머릿속에서 할 말을 정리하는 것 같았다.

"지금 국과수에 검사 의뢰한 상태예요."

"의뢰요?"

"네."

정인의 눈이 한 번 더 커졌다. 이번엔 미간에 깊은 주름도 생겼다.

"왜요?"

"최근에 급성간부전증 환자들이 비정상적으로 늘었어요. 그런데 환자들한테 뚜렷한 공통점도 없어서 원인이 불명이었죠. 직업도 취미도 식생활도 거기에 유전적 환경까지도 맞는 게 하나도 없더라고요."

정인과 한결은 눈을 마주쳤다. 각자 어떤 의도였는지는 알 수 없었으나 두 사람 간에 묘한 긴장감이 흐르고 있는 것만은 분명했다.

"그런데 최근에 알아냈습니다. 환자들의 정확히 96.6%가 알모사10을 자주 먹는 사람들이었다는 게."

"그래서요?"

정인의 휴대전화에서 나오는 음성은 평온했지만 정인의 수어는 매우 공격적이었다.

"이렇게 위험한 제품, 새순결장막회라는 곳에서 만들고 있더라고요. 거기서 건강기능식품 등록은 어떻게 하신 건진 모르겠는데…. 중요한 건 알모사10 부작용에 대해서 알고 계셨냐는 거죠. 정인 씨는."

정인은 아무 말도 하지 않았다. 그저 한결만 뚫어지게 바라볼 뿐이었다.

"만약에 알고 계셨다면 정인 씨 꽤 난처해지실 거고 모르셨다면 이제 인지하셨을 테니 더 이상 팔지 말아주세요. 국과수 결과 나온 뒤에 멈추는 것보다 지금 멈추는 게 더 좋을 거예요."

이제 정인의 눈빛은 매우 날카로워졌다. 마치 한결을 뚫어버릴 기세였다.

"정인 씨."

"네."

"정인 씨 지금 위험해요. 외부적으로는 목숨이 위험할 수도 있고 내부적으로도…. 그런데 그 두 개를 이어주는 게 공교롭게도 알모사10이에요. 그러니 부디 알모사10 판매 멈추세요. 이건 제가 정인 씨한테 명함 드린 사람으로서 하는 비공식 부탁입니다. 경찰은 아무에게나 명함을 주지 않아요."

정인은 마지막으로 탄산수를 마셨다. 정인에겐 탄산수가 마치 술 같았다.

"제가 드릴 말씀은 다 드렸네요. 부디 현명한 선택 하시길 부탁드립니다."

한결은 일어나 신발을 신고 문을 나섰다. 정인은 한결에게 잘 가란 말도 하지 않았고 목례나 손을 흔드는 몸짓도 보이지 않았다. 정인은 문이 닫히자마자 어딘가로 전화를 걸었다.

"네. 정인 씨 무슨 일?"

"지금 만나야겠어요. 최고 목장님. 급한 거예요."

"뭔데요? 나한테 얘기해 봐요."

"아니요. 직접 뵙고 말씀드릴게요."

"그러니까 무슨 일이냐고. 언질이라도 해 드려야 될 거 아니에요?"

"경찰이 찾아왔어요."

비서의 목소리는 잠시 끊겼다. 그러나 답변에는 그리 오랜 시간이 걸리지 않았다.

"이 주소로 와요. 평상복 입고."

비서가 보내준 주소엔 고급 아파트가 자리 잡고 있었다. 야간에도 화려한 조명이 입주자들을 주인공으로 만드는 곳이었고 집주인의 허락 없이는 건물 안으로 들어갈 수도 엘리베이터를 사용할 수도 없는 그런 곳이었다.

"들어와요."

고층의 유리창을 통해 바라보는 아래 세상의 야경은 모든 걱정을 하찮게 만드는 효과가 있는 듯했다. 비서는 정인을 어느 방으로 안내했다. 아무도 없는 방이었다.

"최고 목장님은요?"

"오늘 몸이 좀 안 좋으세요. 저한테 말해요. 그럼 다 전달할 테니."

정인은 한숨을 쉬었다. 의도적으로 크게 소리를 낸 것 같았다.

"계속 이런 식으로 사람들한테 동기부여 하신 건가요?"

"뭐요?"

"최고 목장님. 여기 사람들한텐 그게 최고의 가치잖아요."

정인은 온몸을 매우 역동적으로 움직이며 비서에게 자신의 뜻을 전했다. 멀리에서 보면 조금은 폭력적인 몸짓인 것 같기도 했다.

"여기 사람들? 정인 씨 말투가 좀 이상하네? 조금 진정할 필요가 있겠는데? 몸짓도 좀 거칠어. 그러다 다칠 수 있어."

"제 몸은 제가 알아서 해요. 말해 봐요. 거짓말인지 아닌지."

"정인 씨가 열심히 했으면 언젠가 정말 만나 뵐 수 있어. 난 거짓말한 적 없어. 다만 가능성에 대해서 말해준 것뿐이지."

그들 사이에는 여러 개의 의자가 있었음에도 정인과 비서는 앉지 않았다.

"좋아요. 그럼 제 용건을 말할게요. 알모사10. 정식 출시해요."

"기다려. 우선 경찰 얘기부터 해. 무슨 소리야?"

경찰에 관한 얘기가 나오자 정인은 호흡을 가다듬고 천천히 자리에 앉았다. 뒤이어 비서 역시 정인 맞은편에 앉았다. 정인은 그의 집에 찾아온 경찰에 관해 얘기했다. 그가 했던 모든 말들을.

"급성간부전증이면 영업소장이랑 같은 거 아니야?"

"네, 맞아요."

비서는 잠시 턱을 쓰다듬었다.

"일단 알겠어. 우리가 손 써볼게. 그러면 문제없을 거야."

"알모사10. 정식 출시는요."

"그렇게 하고 싶어? 이 와중에도?"

"문제없을 거라면서요."

비서는 정인을 바라보며 의도를 알 수 없는 미소를 지었다. 그 후 뭔가 결심한 듯 긴 한숨을 내뱉었다.

"정식 출시하려면 사업 설명회가 필요해."

"꼭 해야 하는 건가요?"

"해야 돼. 내 말 들어. 최소한의 홍보는 해야 될 거 아니야? 사진도 찍고."

정인도 생각이 많아지는 듯 시선을 다른 곳으로 돌렸다.

"필요하면 내일모레라도 열 수 있어. 정인 씨가 원하면 작게 해줄게. 됐지?"

"제품 설명은 제가 하나요?"

"철수나 영희한테 맡겨도 돼. 기꺼이 해줄 거야."

"그러면 그렇게 해주세요. 최대한 빨리. 설명은…. 영희 씨가 하는 걸로."

"그래. 그렇게 해. 대신…."

비서는 정인의 눈을 똑바로 응시했다.

"알모사10 레시피는 여전히 못 주는 거 알지? 사업화돼서 물량 더 많아져도 지금처럼 원액은 우리 연구실에서 받아서 써야 돼."

이 말을 듣자마자 정인은 무언가를 잠시 떠올리는 듯한 눈빛으로 변했다. 아마도 소장의 집에서 발견한 검은 책을 떠올리는 것 같았다. 그 안에는 알모사10의 레시피도 담겨 있었다. 그래서인지 정인의 입에서 옅은 미소가 보였다.

"알겠어요."

정인은 이제 뒤 돌아 나가려고 했다.

"정인 씨."

그러나 비서는 정인을 그대로 돌려보내지 않았다. 정인은 다시 뒤 돌아 비서를 바라봤다.

"다음에 또 그딴 식으로 대들면 나 가만히 안 있어. 주의해."

정인은 비서를 바라보며 한참을 망설이다가 고개를 끄덕인 뒤 집을 나왔다.

며칠 뒤 정인은 인터넷에 작게 올라온 알모사10 설명회 기사를 바라봤다.

그리고 동시에, 어느 산속의 다 쓰러져가는 집에 앉아있는 민준도 같은 기사를 바라봤다.

19
유정인과 김민준

사업 설명회 당일. 정인은 도시 외곽으로 향했다. 사실상 시골이라고 봐도 무방한 곳에 있는 문화센터의 강당이었다.

정인이 문화센터 근처 버스 정류장에서 내리자 주변에는 현수막들이 많이 붙어있었다. 어느 이름 없는 가수의 노래 교실, 또 어느 이름 없는 작가의 독서 모임, 요가, 헬스, 요리 교실 등. 그러나 정인이 요청한 대로 알모사10과 관련된 내용은 찾아볼 수 없었다.

정인은 주차장에 도착했다. 작지 않은 주차장은 차들로 가득 차 있었다. 여러 프로그램을 진행하는 만큼 여러 사람이 오가는 곳인 듯했다.

정인은 문화센터의 중앙 현관을 거쳐 지하에 있는 강당으로 향했다. 그리고 육중해 보이는 강당의 문을 있는 힘껏 당겼다.

강당의 문을 열었을 때 정인은 매우 뜨거운 공기를 느꼈다. 이

산화탄소로 가득 찬 것처럼 답답하고 숨쉬기도 힘든 공기였다. 그다음으로는 웅성거리는 소리가 들려왔다. 몇십 명 정도의 웅성거림이 아닌 몇백 명의 웅성거림이었다.

정인은 발 디딜 틈 없는 강당 안을 확인하자마자 극도로 당황한 얼굴로 문을 닫았다. 작게 하겠다는 비서의 말과 달라서 일 것이다.

그 후 서둘러 오늘 강단에 서서 설명회를 진행할 영희에게 전화를 걸었다. 그러나 들려오는 기계음은 없는 번호라는 답변뿐이었다. 정인은 그제야 뭔가 이상함을 느꼈는지 얼굴이 붉게 달아올랐다.

정인은 비서에게도 전화했지만 역시나 없는 번호였다. 정인은 그가 알고 있는 새순결장막회의 사람들과 공장에서 일하는 사람들에게 전화했다. 단 한 사람도 빼놓지 않고 모두 없는 번호가 됐다. 정인의 동공은 흔들렸다.

정인은 화장실로 들어갔다. 그곳에도 사람들은 꽤 있었다. 그러나 정인은 신경 쓰지 않고 찬물로 세수를 시작했다. 그걸로도 모자랐는지 세수를 마친 뒤에는 머리까지 쥐어뜯었다.

정인은 거울로 자신의 모습을 바라봤다. 그 후 뭔가 결심한 듯 다시 강당으로 들어갔다. 강당의 맨 앞에는 알모사10 사업 설명회라는 현수막이 매우 크게 붙어 있었다. 정인은 그 앞으로 당당히 나가서 1m 정도 높이의 무대 위에 올라 단상에 있는 마이크를 켜고 툭툭 쳐봤다. 마이크는 잘 작동됐다.

사람들은 순식간에 조용해졌다. 그런데 그때, 맨 앞에 있던 어떤 사람이 정인에게 외쳤다.

"그쪽이 알모사10 만든 사장님입니까?"

민준이었다. 민준과 잠시 눈이 마주친 정인은 정신을 차리고 휴대전화를 꺼내 마이크를 휴대전화의 스피커에 갖다 댔다.

"제가 만든 건 아니지만…."

"유정인 씨는 맞죠?"

민준은 정인의 말을 끊으며 다시 한번 질문을 던졌다.

"네. 맞습니다."

이 말을 들은 그의 표정이 매우 차갑게 변했다. 그 후 민준은 무대 위로 올랐다. 황량한 사막 같은 무대 위, 서로를 마주 보는 두 사람의 모습은 마치 대결을 앞둔 서부극의 주인공들 같았다.

아주 짧은 정적이 흐른 뒤 민준은 주머니에서 식칼을 꺼냈다. 칼날의 길이가 15cm 정도 되는 식칼이었다. 군중들은 그런 그의 모습을 보며 기겁했다. 소리 지르는 사람도 있었고 달아나는 사람도 있었다.

정인도 그가 꺼낸 식칼을 바라봤다. 정인의 이마에서만 흐르던 식은땀은 이제 등과 배, 신체 부위를 가리지 않고 흘러내렸다.

정인은 마치 동상이라도 된 것처럼 움직이지 않았다. 어쩌면 움직이지 못하는 것일 수도 있었다.

민준이 서서히 다가가자 정인은 본능적으로 뒷걸음질 치기 시작했다. 이내 민준이 조금씩 속도를 내서 달려들었고 정인은 다리가 풀린 듯 넘어졌다.

"다들 똑똑히 봐! 함부로 면죄부 파는 이 개새끼의 최후를!"

소리를 지르는 민준은 이제 정인과 매우 가까워졌다. 정인은 눈을 감았다. 눈가에서 땀인지 눈물인지 모를 것이 흘러내렸다.

그런데 그때, '쿵' 하고 쓰러지는 소리가 들렸다. 정인이 눈을 뜨자 식칼 든 남자가 어느 줄과 연결되어 쓰러진 채 몸을 떨고 있었다.

정인은 그 줄이 어디에서 온 건지 확인했다. 그 줄은 한결이 쏜 테이저건과 연결되어 있었다. 그는 천천히 무대 위로 올라와 민준의 손목에 수갑을 채웠다.

"김민준 씨, 흉기를 이용한 살인 교사 혐의로 긴급 체포합니다. 당신은 묵비권을 행사할 수 있고…."

한결이 미란다 원칙을 읊는 사이 그의 동료들로 보이는 사람들도 올라와 체포를 도왔다. 그렇게 민준은 연행되어 끌려갔다. 강당에 모인 사람들도 모두 도망갔다. 무대 위에는 한결과 정인만 남았다. 정인은 아직도 망연자실하게 앉아있었다.

"제가 가만히 계시라고 부탁드렸는데…."

정인은 뭔가 말하고 싶은 눈치였지만 휴대전화가 단상 위에 있어서인지 아무런 말을 하지 않았다.

"외적인 문제 해결됐다고 정인 씨가 지금 안전하다는 말은 아니에요. 아직 내적인 문제는 해결 중입니다. 국과수 검사 결과도 내일 나올 겁니다. 그때도 이러시면…. 그냥 제발 가만히 계세요."

한결은 그렇게 물러갔다. 정인은 강당 안을 둘러봤다. 몇몇 사람들이 아직도 남아서 정인을 바라봤다. 정인은 허겁지겁 일어나 도망치듯 이곳을 떠났다. 뒤는 돌아보지 않았다.

정인은 택시를 탔다. 그 후 새순결장막회 건물로 향했다. 그러나 그곳에서 정인은 흰옷을 입지 않았다는 이유로 출입을 거부당했다. 정인의 출입을 거부한 사람은 이런 일을 많이 겪어본 듯 능수능란하게 정인을 제지했다.

정인은 다시 한번 택시를 잡아 비서의 집으로 향했다. 비서의 집에 도착할 때쯤 날이 어두워졌다. 그러나 그곳도 집주인의 허락 없이는 들어갈 수 없었다. 정인은 무작정 기다리기 시작했다.

시간이 꽤 지나고 정인의 옆으로 오토바이 한 대가 지나갔다. 그 오토바이에서 내린 배달원은 비서가 사는 건물을 아무런 제지도 받지 않고 들어갔다. 정인은 그것을 놓칠세라 빠르게 달려들어 배달원의 뒤를 따라갔다.

그러나 그 배달원은 비서가 사는 층에서 내리지 않았다. 그렇게 한 시간 정도를 1층 복도에 서서 다른 배달원을 기다렸다. 다행히 다음에 나타난 배달원은 비서가 사는 층으로 향했다.

그리고 더 운이 좋게도 그는 비서의 집 앞에 음식을 내려놓았다.

정확히 30초 뒤. 비서의 집 문이 열리고 누군가 나왔다. 정인은 빠르게 그 문틈 사이로 달려서 순식간에 비서의 집 안으로 빨려가듯 들어갔다.

정인은 화가 난 표정으로 뒤돌아 문을 바라봤다. 그러나 문 앞에는 비서가 없었다. 정인의 표정은 화남에서 의아함으로 바뀌었다.

"누구신가?"

그는 영희, 철수와 함께 일하던 50대 남성 박사였다.

"박사님?"

정인의 휴대전화에서 날카로운 목소리가 진동했다.

"날 알아요?"

"그때 새순결장막회 연구실에서…."

"어떻게 알고 오신 건지는 모르겠지만 나가주세요."

"여기 비서 집 아닌가요?"

정인은 집 안을 둘러봤다. 인테리어는 달라진 것이 없었다.

"무슨 비서?"

"새순결장막회 최고 목장 비서요."

박사는 소리 없이 웃기 시작했다. 마치 참아왔던 웃음을 터뜨리는 것 같았다. 무엇이 웃긴 건지는 알 수 없었다. 그리고 끝까지 박사는 웃는 소리를 내지 않았다.

"나는 그런 사람 잘 모릅니다."

"지금… 장난치는 거죠?"

정인의 표정에서 깊은 분노가 느껴졌다.

"장난이라뇨?"

"나 다 알아. 새순결장막회."

"뭘 안다는 거죠? 우리 성도도 아니면서?"

성도가 아니라는 말에 정인의 얼굴은 다시 한번 굳었다.

"갑자기 남의 집에 불쑥 찾아와서 우리 새순결장막회에 대해서 뭘 안다는 거냐고요."

"나는… 새순결장막회 신도였어. 일요일에 봉사도 하고…."

"증명해 보세요. 나는 잘 모르겠는데."

"당신도 날 알잖아!"

박사는 애써 웃음을 참았다. 마치 정인을 놀리는 듯했다.

"그만하시고 돌아가세요. 경찰 부를까요?"

"나 이제 전부 다 알아. 당신들이 뭐로 돈 벌었고 뭐로 돈 날렸는지. 더 이상 돈 날리기 싫어서 걸어놓은 안전장치들까지. 각계각층에 다 있던데? 정치인들, 재벌들, 연예인들, 과학자들!"

"도대체 뭘 안다고 하시는 건지는 잘 모르겠지만…. 지금 이 상황에서 그쪽 말을 믿을 사람이 누가 있겠어요? 도둑은 내가 아닌데."

이 말을 마친 박사는 마침내 소리 내어 웃기 시작했다.

"알모사10! 당신이 만들었잖아!"

"알모사10은… 또 뭐예요?"

박사는 여전히 웃음기 있는 얼굴로 눈만 껌벅이며 정인을 바라봤다. 마치 순수한 어린아이가 어른에게 뭔가를 물어보는 것 같은 표정이었다. 정인은 그런 박사를 잠시 바라보다가 뭔가 생각난 듯 주변을 둘러보기 시작했다. 그러나 정인은 아무것도 발견할 수 없었다.

"녹음 같은 거 하나 봐요?"

"우리 기도할까요? 마음이 아플 때는 그게 가장 좋아요."

정인은 깊은 한숨을 내쉬었다. 단순히 폐에 있는 공기만 날숨으로 나오는 게 아니라 발끝에 있던 공기 입자들까지도 배출되는 듯한 깊은 한숨이었다.

"그러면 나도 녹음하나 해야겠네요."

정인은 휴대전화를 잠시 만지작거렸다.

"알모사10 생산 공장, 그건 어떻게 하시려고요?"

"그게 뭐요?"

"그 땅, 새순결장막회 거로 돼 있어요."

박사의 웃음기가 조금씩 사라졌다.

"그래서 뭐 어쨌다는 거죠?"

"이왕 꼬리 자르시려면 그 땅, 그 공장, 모두 저한테 넘기셔야 하지 않겠어요? 당신들이 뭘 하려는 건진 몰라도 그래야 제가 다 뒤집어쓰잖아요. 안 그래요?"

박사의 시선이 약간 흔들렸다.

"이제 생각해 보니 나한테만 영업 허락한 이유도 깔끔하게 꼬리 자르려고 했던 거였네. 정윤이 팔아먹으면서."

박사는 정인이 가소롭다는 의미의 미소를 지었다.

"말 못 하는 벙어리들 써서 앵벌이 좀 해보려고 했는데 이것들이 쌍으로 짜증 나게 하네. 한 놈은 뒤져서 한 놈은 뒤통수쳐서. 아, 그쪽한테 한 말은 아니에요. 갑자기 뭔가 하나가 생각나서. 오해는 하지 마세요."

이 말을 들은 정인의 호흡은 빨라졌고 얼굴은 벌게졌다. 그리고 순식간에 눈가도 촉촉해졌다.

"말 나온 김에 그쪽이 내가 겪고 있는 상황이랑 조금 비슷해 보여서 충고 하나 할게. 세상엔 말이야, 이유 없는 친절은 없어요. 친절이란 건 서로를 이용하기 위한 하나의 수단일 뿐이라는 거지."

정인은 박사의 눈을 똑바로 바라봤다. 마치 칼이라도 날아갈 것만 같은 눈빛이었다. 동시에 입에서는 뭔가가 나오려고 꿈틀대고 있었다. 그러나 정인은 끝내 입을 열지 않았다.

정인은 눈을 깜빡였다. 정인이 눈을 깜빡일 때마다 정인의 눈에 고인 눈물도 조금씩 증발했다. 그러고는 천천히 손을 올려 자신의 말을 전했다.

"그런데 그거 알아요? 당신들은 이제껏 나를 이용했다고 생각했겠지만 아니야. 내가 당신들 이용한 거야. 이 멍청한 새끼들아."

"그게 무슨 말이야?"

"잘 지내세요. 개순결장막회 님들."

"야! 그게 무슨 말이냐고?"

정인은 그대로 그곳을 빠져나왔다. 정인의 호흡은 거칠었다.

정인의 눈에서 다시 한번 빛나는 칼날이 보이기 시작했다. 정인
은 곧바로 공장으로 달려갔다.

한밤중에도 우두커니 서 있는 공장 자체는 아직 건재했다. 그
안에 있는 생산 설비와 자제들도 아직 있었다.

정인은 홀로 생산라인을 가동해 보려 했다. 그러나 아무리 움
직여 봐도 최소 한 사람은 더 있어야만 했다. 절망한 정인은 공
장 한가운데에 그대로 주저앉아 머리를 감싸고 괴로워했다. 마
치 모든 걸 다 잃은 사람 같았다.

그런데 그때, 하얀 옷을 입은 남자가 다가왔다. 20대 젊은 남
자. 철수였다.

"유정인 씨?"

철수는 정인을 웃으며 내려다봤다. 좀처럼 보기 힘든 사악한
웃음이었다. 마치 하이에나가 다리 다친 사슴을 내려다보며 짓
는 웃음 같았다.

"이 밤에 일하시게요? 집에 들어가셔야죠. 퇴근하세요."

정인의 입술은 떨렸다.

"화가 많이 나셨네. 빨리 퇴근해요. 그래야 내 마음이 놓이지."

정인의 양 주먹도 강하게 떨렸다.

"안 갈 거야? 빨리 가요. 나도 위에 보고하고 퇴근하게."

정인은 아무 말도 하지 않고 철수의 눈을 응시했다.

"이 씨발! 언제까지 여기 쳐 앉아서 눈물 질질 짜고 있을 건
데!?"

철수가 온 힘을 다해 소리쳤다. 그 후 철수는 억지로 정인을 일으켜 세웠다. 이 과정에서 몸싸움이 벌어졌다. 그러나 철수의 힘이 정인보다 더 강했다. 정인은 그대로 회사 밖으로 밀려났다.

철수는 공장 밖에 내동댕이쳐져 있는 정인을 바라보며 전화를 시작했다.

"네. 보냈어요. 잘 처리했습니다. 내일 아침에 철거반 들어오면 될 거 같아요. 네. 감사합니다."

정인은 공장 밖에서도 무기력하게 철수를 올려다봤다.

"뭘 꼬나 봐? 병신새끼야. 빨리 집에나 가. 왜? 너도 집에 기다리는 엄마가 없어? 그래서 안 들어가는 거야?"

이 말을 들은 정인의 눈에서 눈물이 쏟아졌다. 그러고는 뭔가를 손에 쥔 채로 철수에게 달려들었다. 철수는 당황한 듯 한발 물러섰다. 그러나 민첩성만큼은 철수보다 빨랐던 정인은 뭔가를 쥔 손으로 철수의 머리를 내려쳤다. 철수는 그대로 꼬꾸라졌다.

정인은 손에 쥔 것을 옆으로 던졌다. 피 묻은 커다란 돌이었다.

그러면서도 겁에 질린 눈빛으로 철수의 목에 손을 가져다 댔다. 손에서 뭔가를 느낀 정인은 안도했다. 그 후 공장에서 쓰던 줄을 찾아 철수의 손과 발을 뒤로해서 묶고 그를 공장에서 가장 어두운 곳으로 데려갔다. 억지로 찾지 않으면 아무도 볼 수 없는 곳이었다.

그리고 정인은 어디론가 전화를 걸었다.

"네, 정인 씨. 웬일이세요? 잘 지내셨어요?"

"차강준 대리님. 지금 혹시 공장으로 와 줄 수 있어요? 제안하고 싶은 게 하나 있는데."

"이 밤에요?"

"네. 돈 많이 벌게 해드릴게요. 내일 아침까지만 도와주세요."

정인의 이 말을 들은 차강준은 휴대전화를 끄고 곧바로 정인에게 달려왔다. 차강준은 처음 보는 정인의 공장을 둘러보며 천천히 등장했다.

"퇴사하시더니 정말로 출세하셨네요. 공장이 되게 좋아요."

"와줘서 고마워요. 본론부터 말할게요. 저기 쌓여있는 알모사10 재고 있죠? 저거랑, 남은 자재로 오늘 우리가 밤새 만들 제품들, 내일 아침까지 다 팔아주세요."

"이 밤에… 진심이세요?"

"네. 수익은 차강준 대리가 모두 가져요. 전부다."

차강준은 믿기지 않았다는 듯 정인을 바라봤다.

"그냥 그것만 해줘요. 계약서도 필요 없어요. 돈 받고 넘기기만 해요. 얼마를 받든 상관없어요. 그냥 다 팔아줘요."

"아니…."

"돈 버셔야죠. 시간 없어요. 빨리 부탁해요."

차강준은 잠시 생각하다가 대략적인 감을 잡은 듯 고개를 끄덕였다.

"시작합시다. 알모사10 사고 싶다던 고객들 꽤 있었어요. 그분들은 밤에도 전화 잘 받을 겁니다. 아니, 밤에 더 잘 받겠죠. 뭐

하세요! 빨리 생산 돌려야죠! 재고도 없는데 팔게 할 거예요?"

차강준의 말을 들은 정인은 웃음으로 답했다.

"그래요."

정인은 기계를 돌렸다. 차강준도 전화를 돌리며 생산을 도왔다.

차강준은 자신의 친구들부터 시작해 친구의 친구들에게까지 전화를 돌렸고 정인은 모든 공정에 관여하며 비록 느리더라도 차강준과 함께 생산을 해냈다. 얼마 뒤 오토바이를 탄 배달원들이 공장으로 몰려들기 시작했다. 그들은 그렇게 밤새 완벽한 팀워크를 보이며 모든 재고를 소진했다. 차강준의 영업 능력만큼은 매우 훌륭했다.

어느새 오전 9시. 남아있는 알모사10은 없었다. 일을 모두 마친 그들의 눈은 반쯤 감겨 있고 옷은 구깃구깃해져 있었다. 정인은 휴대전화를 꺼냈다.

"이제 나갈까요?"

정인과 차강준은 반쯤 풀린 눈으로 공장 밖으로 나갔다. 그들이 공장을 떠나고 얼마 지나지 않아 육중한 해머를 든 건장한 남성들이 큰 트럭을 타고 공장 쪽으로 향했다. 정인은 그들의 뒷모습을 바라봤다. 차강준도 덩달아 그들의 뒷모습을 바라봤다.

해머를 든 남성들은 공장에 도착하자마자 해머의 단단함을 시험이라도 하듯 공장의 외벽을 한 번씩 때렸다. 그러더니 다 같이 안으로 들어가 그 안에 있던 자재들을 모두 때리기 시작했다.

이미 멀찍이 떨어진 정인에게도 쇳소리가 무겁게 들렸다. 심지어 남성들이 공장 안에서 시끄럽게 떠드는 소리도 작게나마 들렸다. 그들은 매우 즐거워하는 듯했다. 중간에 '여기 사람 있다!'라는 소리도 들렸지만 차강준에게는 들리지 않은 듯싶었다. 정인과 차강준은 여전히 공장 쪽을 바라보고 있었다.

"대충 예상은 했는데…. 갑자기 왜 그런 거예요? 이 좋은 걸."

"사정이 좀 있었어요. 암튼 고맙습니다. 고생하셨어요."

"고생은 정인 씨가 했죠. 저는 돈 엄청 벌었잖아요. 근데 정말 돈 안 가져가도 돼요?"

"난 필요 없어요. 대리님 가지세요."

정인의 수어는 매우 건조했다.

"아, 그런데 대리님."

"네."

"알모사10, 자주 이용하셨어요?"

"당연하죠. 이게 이렇게 좋은데."

"그럼 대리님이 모은 돈 펑펑 쓰세요. 최대한 빠르게. 이제 시간이 별로 없을 거예요."

정인은 차강준 대리를 보며 방긋 웃어 보였다.

"네?"

그러나 차강준의 표정은 얼어붙었다. 정인은 차강준의 어깨를 툭툭 치고 다시 뒤 돌아 공장의 반대편으로 걷기 시작했다. 차강준은 가만히 멈춰 서서 가는 정인의 뒷모습에 대고 큰 소리로 질문했다.

"시간이 없다는 게 무슨 말이에요?"

정인은 천천히 걸어가며 휴대전화를 바닥에 버렸다. 그리고 자신의 입과 성대를 이용해 이렇게 말했다.

천천히 낮게 그러나 차강준에게 들릴 만큼의 소리로.

"이제 곧 알게 될 거야."

차강준은 어안이 벙벙한 표정으로 걸어가는 정인의 뒷모습을 바라보기만 했다. 정인과 차강준의 사이는 그렇게 천천히 멀어졌다.

점심 때쯤 정인은 가족들의 얼굴과 다시 한번 마주했다. 밤새 일한 정인은 마치 술에 취한 사람처럼 눈이 풀려있었다.

"내가 할 수 있는 건 다 했어."

정인은 고개를 떨구고 훌쩍이기 시작했다.

"전부 다 멸종시키고 싶었는데 내 능력은 여기까지인가 봐. 미안해요, 다들. 나중에 너무 미안해서 얼굴 똑바로 못 쳐다봐도 이해해 줘."

정인이 흐느껴 우는 사이 봉안당 입구에 검은 그림자들이 스멀스멀 올라왔다. 그리고 그 그림자들은 천천히 정인에게 다가가 이렇게 말했다.

"유정인 씨, 국과수 결과 나왔습니다. 아예 독을 풀어 놓으셨더라고요. 도대체 건강기능식품 등록은 어떻게 하신 겁니까?"

"미안해요. 다들…."

정인은 한결을 신경 쓰지 않았다.

"유정인 씨, 당신을 약물을 이용한 살인 교사 및 살인 미수 그리고 살인 혐의로 긴급 체포합니다. 당신은 묵비권을 행사할 수 있으며 당신의 발언은 법정에서 불리할 수 있습니다. 또 변호인을 선임할 수 있으며 변호인이 모든 답변을 대신할 수 있습니다. 변호인을 선임하지 못할 경우 국선변호인이 선임될 겁니다."

한결이 정인의 손목에 수갑을 채웠다. 정인은 그렇게 말없이 끌려갔다.

20
재판

정인이 체포되고 얼마 되지 않아 알모사10과 정인의 이야기가 세상에 알려졌다. 세상은 분노했다. 그러나 그 분노의 방향은 극명하게 나뉘어 있었다. 한 방향은 정인에게 다른 한 방향은 정인을 그렇게 만든 원인에게.

정인이 그간 판매한 알모사10의 수량은 대략 20만 개 정도로 파악됐고 알모사10으로 인한 간부전 환자는 대략 4,000명에 사망자는 약 1,500명 정도로 집계됐다.

의사들은 지금 이 수치가 향후 1~2년 안에 최대 1만 명의 간부전환자, 5000명 이상의 사망자로 폭증할 수 있다고 경고했다. 이런 이유로 뉴스에서는 알모사10을 복용한 적이 있는 사람들이 해서는 안 될 일과 먹어서는 안 될 것들에 대해서 연신 보도하기에 바빴다. 그리고 매우 드물게 생방송 중 이런 뉴스를 전하다가 갑자기 쓰러지는 방송인들도 있었다.

5월 13일. 마침내 정인의 첫 재판 날이 되었다. 정인이 법정에 들어서자 장내는 술렁였지만 이내 무리없이 재판은 진행됐다.

검사는 정인의 죄목을 하나씩 읊어나갔다. 죄목에 대한 설명도 빠뜨리지 않았다. 그러나 이 과정에서 알모사10이 어떻게 건강기능식품으로 등록되었는지에 대한 이야기는 없었다. 그저 재판과는 상관없이 몇몇 방송의 패널들이 이런 것 허가해 준 정부부터 정신 차려야 한다고 비판하는 게 끝이었다.

당연히 새순결장막회도 등장하지 않았다.

사실 정인과 국선 변호사는 재판 전, 운이 좋게 몇몇 고객과 연락이 닿아 알모사10 계약서를 받기로 했다. 그것을 증거 삼아 새순결장막회를 끌어들이려는 목적이었다. 그러나 얼마 뒤 그 고객들은 마치 짜기라도 한 듯 계약서가 사라졌다는 말을 전해 왔다. 이때 어떤 고객은 '증발'이라는 표현까지 사용했다.

어쩌면 새순결장막회가 개발한 그 친환경 종이는 이 순간을 위해 만들어진 것일지도 모른다. 정인은 그 이야기를 듣고 새순결장막회를 끌어들이려는 시도를 깔끔하게 포기했다.

재판이 진행되며 검사는 계속 정인이 얼마나 끔찍한 범죄자인지에 대해 늘어놓았다. 심지어는 정인이 하지 않은 것들 예를 들어 정인이 알모사10을 개발한 주동자라는 것과 그 과정에서 정인이 다니던 대학원 실험실을 어떻게 불법적으로 이용했는지 어떤 불법적인 방법으로 공장을 인수하고 알모사10을 팔아왔는지에 대해서까지도 나름 디테일하게 늘어놓았다. 새순결장막회는 매우 탄탄한 스토리를 구축해 놓았다.

결론적으로 이 모든 사건은 오직 유정인에 의한 단독 범행이었다. 이런 말을 듣고 있는 정인은 이미 이것은 충분히 예상했다는 듯 아무렇지 않아 보였다.

다만 이 과정에서 강신기업교육센터와 차강준에 대한 언급은 있었다. 강신기업교육센터는 계약서 때문에 어쩔 수 없이 꼬리가 밟혔으나 알모사10을 판매하라고 지시했던 영업소장은 이미 세상에 없었기에 강신기업교육센터 자체는 혐의없음 상태가 되었다. 물론 사망자 명단에 들어간 차강준도.

이름 없는 국선 변호사는 최선을 다해 정인을 도와주려 했으나 그가 할 수 있는 것은 없었다. 정인조차도 자신에게 내려질 형벌을 굳이 피하고 싶진 않은 듯했다. 그러다 보니 재판은 빠르게 진행됐다.

"피고인, 마지막으로 할 말 있습니까?"

판사가 정인의 눈을 바라보며 최후 진술을 권했다. 법정은 조용했다. 모든 눈과 귀가 정인에게 집중됐다.

"피고인의 의사를 많은 사람이 이해하기 위해서는 제 가방 안에 있는 휴대전화를 꺼내야만 합니다."

정인의 변호사가 집중을 깨고 판사에게 호소했다.

"허락합니다."

변호인은 휴대전화를 꺼내 정인에게 건넸다. 정인은 잠시 휴대전화를 바라봤다. 그 후 서서히 일어나 그곳에 모인 사람들의 눈을 하나하나 바라봤다.

정인을 잡아먹을 듯 바라보는 사람과 측은하게 바라보는 사람이 섞여 있었다. 모든 사람과 한 번씩 눈을 마주친 정인은 휴대전화를 내려놓았다.

"이 얘긴 제 목소리로 하고 싶어요. 동생의 삶을 사는 건 여기까지만 할게요."

장내는 술렁였다. 그들 모두 정인이 말하지 못 하는 사람인 줄 알았던 것 같다. 가족들의 사망 이후 정인의 목소리를 들은 사람은 차강준이 유일했다.

정인은 자신의 성대를 이용해 법정의 공기를 진동시켰다. 정인의 낮고 힘 있는 목소리에서는 자신의 힘겨웠던 지난날이 드러나듯 날카로운 바람 소리가 섞여 나왔다.

"나를 바라보는 여러분들의 눈빛은 매우 다릅니다. 극과 극으로 나뉘어 있죠. 그러나 나는 상관하지 않습니다. 여러분이 날 어떻게 바라보든 나는 여러분과 여러분의 가족을 지킨 거니까요."

장내가 다시 한번 술렁였다. 탄성이 나오기도 했고 환호가 나오기도 했으며 서로를 향해 욕설을 퍼붓기도 했다. 그러나 판사의 개입으로 장내는 다시 안정을 되찾았다.

"우리 사회는 더 안전해졌습니다. 비록 그 과정에서 나의 개인적인 원한을 이용한 것은 맞으나 그 분노는 우리 사회를 좀먹는 예비 살인자들을 향한 것이었습니다. 나는 오히려 이 사회로부터 상을 받아야 한다고 생각합니다. 내가 당신들을 지켜줬으니."

누군가 정인을 향해 욕설을 퍼부었다. 그는 즉시 쫓겨났다. 그리고 정인은 말을 이어 나갔다.

"검사가 말했던 저의 혐의는 대부분 조작되었습니다."

장내는 다시 한번 술렁였다.

"제가 벌인 모든 일 뒤에는 새순결장막회라는 사이비 집단이 존재합니다. 젤푸스로 유명한 집단이죠. 알모사10도 거기에서 만들었습니다. 그러나 저한텐 그것을 증명할 자료는 없습니다. 이미 그들이 모두 조작해서 제가 빠져나가지 못 하게 만들었기 때문입니다. 그들은 처음부터 저를 이용할 생각이었습니다. 그러나 그들의 생각은 매우 잘못되었습니다. 그들이 저를 이용한 게 아니라. 내가 그들을 이용한 거니까요. 그래서 나는 모든 걸 인정하겠습니다. 다만 여러분들은 새순결장막회를 주의하십시오. 그들은 또 다른 먹잇감을 찾고 있습니다."

장내는 잠시 정적이 됐다. 의자가 삐그덕거리는 소리도 책상이 움직이는 소리도 심지어는 숨소리조차도 들리지 않았다.

"그러나 모든 걸 인정하겠다는 것이 나에게 죄가 있다는 것을 시인하는 건 아닙니다. 나는 죄가 없습니다. 적어도 나는 그렇게 생각합니다. 그러나 당신들이 나에게 죄가 있다고 말한다면 나는 그것을 받아들이고 죗값을 받겠습니다. 당신들이 나에게 죽으라면 나는 죽겠습니다. 내가 살린 생명들이 날 저주한다 해도 나는 그것을 달콤한 노래로 듣겠습니다. 그러니 부디 내 이름을 기억하십시오. 내 이름은 유정인 입니다. 차 안에 써놓아도 좋고 법으로 만들어도 좋습니다. 온 세상이 나를 기억하게 하십시오. 만약 시대가 지나도 내 이름이 기억된다면 감히 술을 마시고 운전대를 잡는 인간들은 없을 것입니다. 내가 감옥에서라도 아니면 죽어서라도 그들을 심판할 테니."

"당신이 독립투사라도 된 줄 알아? 뭐가 그렇게 잘났어?"

검사가 갑작스레 끼어들었다. 판사가 잠시 제재했으나 검사는 멈추지 않았다.

"당신은 죄 없는 음주자들도 해쳤어! 그냥 호기심에, 그저 아침에 머리가 아파서 술 깨려고 알모사10을 마신 사람도 있는데. 음주운전이라는 걸 생각조차 하지 않은 수많은 사람이 당신 때문에 아파하고 죽어가고 있어!"

판사는 검사를 강하게 질책하며 경고했다. 그러나 검사의 시선은 정인을 향해있었다.

"제가 알모사10을 판매할 때 항상 했던 말이 있습니다. '지나친 사용은 선생님 건강을 해칠 수도 있습니다'. 그냥 호기심에 알모사10을 마신 사람은 있을지 모르겠지만 그랬다면 그 사람에겐 큰 문제는 없을 겁니다. 뉴스에서 말하는 알모사10의 부작용은 지나치게 복용한 사람들에게만 적용될 테니까요. 또한 아침에 술을 깨기 위해 알모사10을 마신 사람은 드뭅니다. 있었다고 해도 아침에 마셨다면 이미 술이 거의 깬 상태이기 때문에 몸에는 큰 무리도 가지 않습니다. 이 경우엔 지속적으로 복용했다고 해도 위험성은 적을 겁니다."

이제 판사는 보안관리 대원들에게 손짓했다. 보안관리 대원들은 검사에게 다가갔다. 정인은 다시 참관자들을 향해 몸을 돌렸다. 검사가 뭔가를 계속 말했지만 보안요원들은 검사의 입을 막았다. 그는 보안요원들에 의해 끌려 나가기 시작했다.

"나는 술 자체를 증오하지 않습니다. 가볍게 술을 즐기는 사람들도 증오하지 않습니다. 내가 증오하는 건 밤이든 낮이든 술을 먹고 직접 운전해서 집에 돌아가려는 사람들입니다."

이제껏 덤덤하게 말하던 정인은 분노에 찬 듯 말하기 시작했다.

"술을 마시면 인지능력이 저하된다는 것을 누구보다 잘 알고 있고 그 상태에 빠지기 위해 술을 마시는 인간들이! 도로에 나가서 남을 위험하게 만들 수 있음을 너무나 잘 알고 있는 상황에서도 운전대를 잡는 인간들이! 저는 증오스러운 겁니다. 그리고 오직 한 가지 제가 후회되는 것이 있다면! 알모사10을 더 많이 팔아서 그 인간들을 모두 멸종시키지 못한 것뿐입니다."

정인이 말하는 사이 검사는 어느새 보안요원들에 의해 출입문 쪽에 가까워졌다. 그러나 그때, 검사는 필사적으로 보안요원들을 뿌리치고 정인에게 돌진해 멱살을 잡았다.

"당신은 그냥 하찮은 마약상인 그 이상도 이하도 아니야!"

검사는 다시 보안요원들에 의해 끌려 나가기 시작했다. 법정 안의 모든 시선이 검사에게 향했다. 검사는 펑펑 울기 시작했다.

어쩌면 이 검사도 알모사10의 '지나친 복용자'일 수 있었다.

검사가 나간 장내는 다시 한번 숙연해졌다. 판사는 정인에게 최후 진술을 이어가라고 했다. 정인은 잠시 머뭇거렸다. 정인이 내놓은 답은 짧았다.

"이상입니다."

정인이 자리에 앉자 욕설과 박수가 쏟아졌다. 정인은 누군가에겐 살인자였으며 누군가에겐 자신들의 원한을 풀어준 영웅 같은 존재였다. 그러나 정인은 아무런 표정이 없었다. 다시 한번 장내가 정돈된 뒤 판사는 판결을 내렸다. 판사는 정인이 매우 위험한 인물이라고 평가했다. 거기에 반성도 없었기에 결국 사형을 선고했다. 판사의 판결문에는 정인이 최소 1,500명을 살해했다는 것이 적시되어있었다.

정인은 법정을 빠져나왔다. 정인의 얼굴엔 아무런 표정이 없었다. 항소도 하지 않았다. 그저 다시 교도소로 향할 뿐이었다.

교도소 안에는 알모사10을 한 번이라도 먹어본 사람들이 꽤 많았다. 그래서인지 돌아온 정인을 바라보는 수감자들의 표정은 좋지 않았다. 이런 이유로 교도관들은 정인을 독방에 뒀다. 정인은 독방에 누워 멍하니 천장을 바라봤다.

21
야외활동

　재판이 끝나고 약 일주일 뒤. 정인은 교도소 내 야외활동을 했다. 여전히 다른 재소자들과는 철조망으로 분리된 상태였다.

　정인은 그 철조망을 따라서 천천히 걷고 있었다. 그런데 누군가 정인에게 말을 걸었다. 철조망 건너에 있는 재소자였다. 교도관들은 굳이 그들의 대화를 말리지 않았다.

　"유정인 씨."

　정인은 그를 바라봤다. 그리곤 다리에 힘이 풀려 잠시 휘청거렸다. 겁에 질린 그대로 도망가려 했지만 그의 말에 잠시 멈춰 그를 바라봤다.

　"그때는 미안했어요. 오해가 있었어요."

　그는 식칼을 들고 정인에게 달려들었던 민준이었다. 그들 사이엔 철조망이 있었지만 정인은 여전히 긴장하며 그를 바라봤다.

"궁금하지 않아요? 내가 왜 정인 씨 죽이려고 했는지."

정인은 여전히 말없이 민준을 바라봤다.

"정인환 아시죠? 무슨 회사 사장이었다던데."

정인환. 정 나노테크놀의 대표. 이제는 세상에 존재하지 않는 사람이었다.

"그 사람이 우리 아버지 죽였어요. 음주운전으로. 그런데 음주운전이 아니라는 거예요. 블랙박스 보면 누가 봐도 음주운전이었고 술 냄새도 났는데. 너무 억울했어요. 그래서 이게 도대체 무슨 일인가 싶어서 찾아봤죠. 그러다가 알모사10을 알게 됐어요. 음주운전 걸렸을 때 먹으면 바로 빠져나갈 수 있는 약으로 소문이 자자하더라고요. 그렇게 정인 씨까지 알게 됐고. 그래서 제가 정인 씨 죽이려던 이유는…."

"제가 정인환한테 면죄부 준 거 같아서?"

두 사람 사이에 있는 철조망이 잠시 바람에 흔들려 쇳소리를 냈다.

"네. 목소리 좋으시네."

정인은 잠시 흙바닥에 앉았다.

"아버지 얘기는 유감이에요. 그런데 저는 정인환한테 면죄부를 준 게 아니에요."

"알아요. 오해해서 미안해요."

"괜찮아요."

민준도 정인을 따라 흙바닥에 앉았다.

"그나저나 정인 씨 여기에서 악마로 불리는 거 알아요?"

"알아요. 교도관들이 알려줬어요."

"어때요? 악마가 된 소감이."

정인은 잠시 땅을 바라봤다. 그곳엔 누런색의 흙밖에는 다른 것이 없었다.

"글쎄요. 잘 모르겠어요."

정인의 말이 끝나고 잠시 정적이 흘렀지만 이내 민준이 말을 시작했다.

"출소하면 뭐 할 거예요?"

이 말을 들은 정인은 웃었다. 진실 된 웃음이었다. 그 웃음은 햇빛에 반사되어 하얗게 보였다.

"재밌네요. 사형수한테 하는 농담이라서 그런지."

"농담 아닌데. 저는 나가면 사회 운동 좀 하려고요. 정인 씨처럼."

"나처럼? 악마 되려고요?"

"아니요. 그런 건 아니고…. 말해 봐요. 정인 씨는 만약에 나가면 뭐 하고 싶은지."

"나 사형수라니까요."

정인은 다시 한번 웃으며 말했다.

"사형수라고 못 나가라는 법은 없어요."

정인은 잠시 말을 멈추고 내리쬐는 해를 바라봤다. 정인은 눈을 찡그렸다.

"재밌긴 하네요. 그 질문."

"왜요?"

"안 그래도 독방에 누워서 그 생각 하고 있었거든요."

"아, 그래요? 알려줄 수 있어요?"

"나도 사회 운동할 생각이에요."

"어떻게요?"

정인은 잠시 뭔가를 떠올리는 듯 어딘가를 응시했다.

"저한테 책이 하나 있어요. 검은 책. 나쁜 놈들 포함해서 온갖 비밀들이 나오는 책이라서 재판 때 쓰려고 했던 책."

"근데 왜 안 썼어요?"

"그때 쓰면 묻힐 거 같았거든요. 그렇게 묻혀서는 안 될 책인데. 그래서 일단 그걸 어떻게 제대로 터뜨릴지 생각하고 있었어요. 독방에 누워서. 아니면…."

"아니면?"

정인의 입꼬리가 날카롭게 올라갔다.

"그걸로 사업을 하든가."

"사업이요? 사업엔 아이디어가 중요하잖아요."

"아이디어는 아직 없지만 레시피는 있어요."

정인은 무언가 생각하며 실없이 웃었다.

"나중에 얘기해줘요. 혹시 알아요? 내가 도와줄 수 있을지."

"생각해 볼게요."

"빌려줘도 되고."

정인은 다시 한번 피식 웃었다.

"그래요. 내가 언젠가 나가면…."

그들의 대화는 끝났다. 정인은 고개를 들어 하늘을 바라봤다. 햇볕이 저 위에서부터 내려와 정인의 온몸에 닿았다. 정인은 지그시 눈을 감았다. 동시에 정인의 한쪽 입꼬리가 이번에도 날카로워졌다. 그러나 내려오는 햇볕이 정인의 입꼬리를 부드럽게 쓰다듬어 양쪽의 균형을 맞췄다. 정인의 얼굴은 화사했다.

그런데 그때, 모자를 한껏 내려쓴 교도관의 목소리가 들려왔다.

"6674 유정인 씨, 면회."

22
신혼여행

정인의 재판이 진행될 때쯤 한결은 제주도에 있었다. 그가 그
토록 바라고 원하던 신혼여행이었다. 두 사람은 서로의 손을 꼭
잡은 채 석양이 지는 아름다운 해안가의 모래를 밟았다.

"미안해 정서야."

"뭐가?"

"유럽 못 가서."

"됐네요. 나는 오빠랑 같이 있기만 하면 어디든 상관없어."

한결은 정서를 바라봤다. 정서도 한결을 올려다봤다. 사랑이
느껴지는 정서의 미소는 그 어떤 그림보다 아름다웠다.

"다음에 꼭 유럽 가자. 그때는 나도 어느 정도 자리 잡고 여유
도 생길 테니까."

"그때가 언젠데?"

한결은 웃었다.

"애 셋 낳고 다 늙어갈 때쯤?"

"가족 여행으로 가는 유럽도 괜찮지"

정서도 웃었다. 행복에 겨운 웃음이었다. 잠시 서로의 눈을 바라보던 두 사람은 입을 맞췄다. 수평선 뒤로 넘어가려던 석양이 잠시 멈춰 두 사람을 아름답게 비췄다.

다음 날 아침. 잠에서 깬 한결은 정서의 얼굴을 쓰다듬었다. 정서는 눈을 감은 채 행복한 미소를 지으며 한결의 손을 살포시 잡았다.

"잘 잤어?"

정서는 고개를 끄덕였다. 그 모습이 얼마나 예쁘고 우아했는지 한결은 얼굴이 벌게졌다.

잠시 후 두 사람은 손을 잡고 호텔 주차장으로 향했다. 한결은 깔끔한 셔츠에 어두운 바지를 입었고 정서는 새하얀 원피스를 입었다.

주차장에 도착한 한결은 차 키를 눌렀다. 어디선가 '위잉'하는 소리가 들려왔고 주차장 구석에서 고급 스포츠카의 루프가 열렸다.

"뭐야! 우리 차 뚜껑 열리는 거였어?"

"응. 그래도 신혼여행인데 좋은 걸로 빌렸지."

두 사람은 선글라스를 낀 채 차에 올라 호텔을 빠져나왔다. 차가 달리는 동안 정서는 불어오는 바람을 만끽하며 두 팔을 벌렸고 한결은 그런 정서를 바라보며 흐뭇한 미소를 지었다.

"천지연 폭포 예뻤으면 좋겠다!"

정서가 바람을 뚫고 큰 소리로 말했다.

"그러면 실망하겠는데?"

한결도 큰 소리로 말했다. 그리고 마침 자동차는 빨간불이 켜진 어느 사거리 교차로에 닿았다.

"왜 실망해? 안 예쁜데?"

자동차가 멈추고 바람도 멈추자 정서도 목소리를 낮췄다.

"정서보다 예쁜 풍경은 어디에도 없을 테니까."

정서는 웃었다.

"뭐야."

그리고 한결도 웃었다.

"그런 거 다른 데 가서 하지 마. 그럼 진짜 화낼 거야. 알겠지?"

정서의 목소리에 화는 없었다. 그저 행복만 있었을 뿐이었다.

"근데 오빠 괜찮았어?"

"뭐가?"

한결은 잠시 정서를 바라봤다.

"아니, 그 알모사10. 이번에 오빠가 알던 사람이 한 거라면서."

"알던 사람이라기보다는 그냥…."

한결은 씁쓸한 표정을 지었다.

"심지어 되게 착한 사람이었다며. 근데 그런 사람이 1,500명을 죽였다는데 오빠 마음이 괜찮을까 해서. 그래서 물어본 거야."

한결은 미소를 지으며 정서를 바라봤다. 그러나 그 미소엔 사랑스러움이라기보다는 안심시키려는 의도가 더 커 보였다.

"괜찮지. 우리 정서, 오빠 멘탈 관리도 해 주는 거야?"

"당연하지. 내가 안 해주면 누가 해주는데?"

"고마워."

두 사람은 잠깐의 입맞춤으로 짧은 대화를 마무리했다.

"신호 바뀌었다, 오빠."

"그래."

한결은 천천히 액셀을 밟으며 초록빛 신호가 주는 법적 의미를 지키며 앞으로 나아갔다.

그런데 그때, '우웅'하는 엔진 소리가 들려왔고.

「쾅!」

이내 정서가 있던 방향에서 뚜껑 닫힌 황금색 스포츠카가 속도를 높이며 달려오더니 그대로 두 사람이 탄 차를 튕겨내 법이 정한 황색 중앙선 밖으로 밀어냈다.

순간, 근처에 있던 모든 차량이 멈췄고 현장은 혼란 그 자체가 되었다. 소리 지르는 사람, 신고하는 사람, 사고 난 차량으로 달려오는 사람 그리고 이 광경이 신기한 듯 휴대전화를 꺼내 찍는 사람들까지. 사람들은 누가 지시하지도 않았는데 각자의 성향과 관심에 맞는 일을 나눠서 하기 시작했다.

잠시 정신을 잃었던 한결이 눈을 떴다. 그리고 본능적으로 정서를 바라봤다. 방금 전까지만 해도 하얀 원피스를 입고 우아한 미소를 날리던 정서는 없었다. 이제 그 자리엔 빨간 원피스를 입고 차가운 표정으로 누워있는 정서만 있을 뿐이었다.

"정서야…"

한결은 심하게 떨리는 손을 뻗어 정서의 얼굴을 만지려 했다. 오늘 아침만 해도 싱그럽게 눈을 떠 한결의 손을 잡아주던 정서는 이제 더 이상 한결을 사랑하지 못한다는 듯 아무런 반응이 없었다.

한결의 가슴에서 원통함이 터져 나왔다. 눈물이 쏟아지듯 흘렀고 성대에선 야수의 울음소리가 들렸다.

"괜찮으세요!?"

사람들이 하나둘씩 사고 현장에 와서 다친 사람들의 의식을 확인했다. 한결의 차뿐만 아니라 황금색 스포츠카의 찌그러진 문도 열기 위해 노력했다. 그리고 마침내 여러 사람이 합심해 황금색 스포츠카의 문을 열었을 때. 누군가 이렇게 외쳤다.

"아씨, 술 냄새!"

한결은 울부짖는 와중에도 본능적으로 황금색 스포츠카를 바라봤다. 그리고 그곳에 눈을 감고 홀로 운전석에 앉은 사람이 보였다.

한결의 눈빛이 비틀거렸다.

23
이한결 그리고 유정인

"오랜만에 뵙네요."

정인이 면회실에 들어서자 한결이 멍하니 앉아있는 모습이 보였다.

"형사님?"

그제야 한결은 정인을 바라봤다.

"잘 지내셨죠?"

정인은 둘 사이를 가로막는 아크릴판 너머에 있는 한결에게 안부를 물었다. 그러나 한결은 정인을 바라보기만 할 뿐 아무런 대답이 없었다.

"왜 아무 말도 없으세요. 저한테 볼일 있어서 오신 거 아니세요?"

한결은 잠시 고개를 끄덕였다.

"밖에 있는 사람이 여기 있는 사람보다 기운이 없으면 어떻게 해요?"

정인의 말을 들은 한결은 웃기 시작했다. 무엇이 그리 웃겼는지는 알 수 없었다.

"정인 씨는 잘 지내요?"

한결의 첫 말은 감정이 사라진 듯한 말투였다.

"그냥 그렇죠."

한결은 정인을 응시했다. 그리고 한참이나 지난 후에 대화를 이어갔다.

"어떻게 그냥 그래요?"

"네?"

"가족들이 다 죽었는데 어떻게 그냥 그럴 수 있냐고요."

여전히 감정은 사라져 있었지만 눈빛만큼은 매우 공격적이었다.

"무슨 말씀이세요? 왜 그래요, 형사님."

정인은 달라진 한결의 분위기에 크게 당황하는 것처럼 보였다.

"알려줘요."

"뭐를요?"

"알려달라고!"

"뭐를요!"

한결은 비틀거리는 눈빛으로 정인의 곧게 선 눈을 바라봤다.

"나도 당신처럼 될 수 있는…. 레시피."

한결의 목소리는 그의 눈빛만큼이나 떨리고 있었다.

"제가 왜 드려야 되는데요?"

정인은 한결의 간절한 부탁에 차가운 말투로 되물었다.

"나도 당신처럼 선택지를 만들고 싶으니까."

"선택지요?"

"그래."

"무슨 선택지요?"

한결은 오른쪽 손바닥을 아크릴판에 강하게 밀치듯 올리며 외쳤다.

"평생 고통 속에 살든!"

왼쪽 손바닥도 아크릴판 왼쪽에 밀치듯 올렸다.

"비록 악마가 될지라도 그 고통의 근원을 멸종시키며 살든."

양쪽 손바닥 사이에 있는 한결의 얼굴은 어떻게 보면 천사 같기도 했고 어떻게 보면 악마 같기도 했다.

"내가 선택할 수 있게 해달라고."

말을 마친 한결의 비틀거리던 눈빛에 날이 선 칼날이 서서히 보이기 시작했다.

한결도 그것을 인식했는지 떨리는 손으로 그것을 잡을 듯 말 듯 망설이기 시작했다. 그러나 한결은 끝내 결정짓지 못했다.

그저 비틀거리던 눈빛에 보이는 칼날을 바라만 볼 뿐이었다.